レジェンドノベルス
LEGEND NOVELS

JN027504

絶対回避のフラグブレイカー　1

美少女吸血鬼に殺されないための27の法則

contents

レジェンドノベルス
LEGEND NOVELS

絶対回避のフラグブレイカー 1

美少女吸血鬼に殺されないための27の法則

プロローグ　忘れられないクライマックス

幼い頃から月を見るのが好きだった。

天体観測が趣味か、と問われれば、即座に「ＮＯ」と答えるだろう。だって星の名前の一つも知らないのだから。

俺はただ漆黒の夜空に青白く浮き上がる月が好きなのである。

特に好きなのは細い弓形の月……すなわち『三日月』だ。特徴的なその形は、見るたびに見え方が異なるから不思議なものだ。あの日の月は『大きな椅子』のように見えた。

もしあそこに腰をかけたならどんな景色が眺められるのだろう。

そんなことを考えながら窓の外を見つめていると、甲高い声が鼓膜を震わせたのだった。

「お兄ちゃん！　『キープ・キリング』が始まるよ！」

「ああ、そうだったな」

「早く、早く！」

「分かってるよ」

アニメ『キープ・キリング』は、ヴァンパイアである美少女が『死亡フラグ』の立った冒険者を一話ごとに一人ずつ惨殺していき、最後まで生き残った者と『永遠の愛を誓い合う』というストーリーだ。

「お兄ちゃん！　知ってる⁉　強く愛し合った二人の『愛』は時空を超えるんだよ！」

「なんだそりゃ？」

「へへぇん！　お兄ちゃんでも知らないことあるんだね！」

「逆に知らないことばっかりだっつーの。そんなことより、ほら。もう始まるぞ」

今から三年前。このアニメを妹のミカと二人で観《み》るのが習慣だった。

今夜はクライマックス。四人まで絞られた冒険者たちが最後のサバイバルに臨むことになることは、先週の予告編から想像がついている。

「ドキドキだね！　お兄ちゃん！　やっぱりリーダーのクライヴが生き残るのかなぁ」

「いや、意外とお調子者のボブって可能性もある」

「えぇーっ！　ボブはないよぉ！　だったら唯一の女性で美女のナタリアのほうが可能性があると思うの」

「意外や意外。一番目立たない、クールなヒットマン、アルヴァンかもしれんぞ」

「だったら賭ける？」

「いいぜ」

「負けた人は勝った人の言うことを何でも聞くってことでいい？」

「ああ、じゃあ俺はボブ」

「私はクライヴ！」

「お、始まったぞ！」

こうしてアニメは主人公のクライヴの視点で始まるのだった。

＊

今まで僕《クライヴ》たちと苦楽を共にしてきた美少女が、何人もの仲間を惨殺してきた化け物だったなんて……。

にわかには信じられなかった。しかし現実を受け止めなくてはならない。

僕たち四人は、化け物へと姿を変えた美少女から逃れるために、断崖絶壁の上に立つ監獄塔へと逃げ込んだ。分厚い鉄の扉を固く閉ざした後、入口からすぐの小部屋で荒れた呼吸を整える。僕は三人の顔を見ながら、心に固く誓ったんだ。

「ここにいる全員で生き延びるんだ！」

そのためには、どうしたらいいか。真剣に悩んだ結果、一つの答えにたどり着いた。

「ここは監獄だから、いくつか部屋が分かれているはずだ。みんなで固まっているよりはバラバラのほうが、化け物も狙いを定めにくいだろう。だから別々の部屋で過ごそう！」

みんなが小さくうなずく。そこでもう一つ、大事なことを提案した。

「僕はここに残る。もし誰かが監獄塔に入ってきたら、すぐにみんなに報《しら》せるよ。だから僕が異変を報せるまでは、じっと部屋で待機していてほしいんだ！」

みんなが目を丸くして僕を見てきた。そして普段は陽気なジョークで僕たちを励ましてくれるボブが、かすれた声で言ったんだ。

「クライヴ……。お前っちゅー男は、なんて勇敢なヤツなんだ」

僕は照れ笑いしながら、本音をもらした。

「はは……。内心はビビりまくってるよ。本当ならばすぐにでも逃げ出したい。でも、みんなで生き延びたいからね。そう思うと、自分でも不思議なほど勇気がわいてくるんだ」

そう言い終えた後、震えが止まらない両手を彼らにかざす。僕の右手をナタリアが握ってきた。

「異変があったら、すぐに大声で報せるのよ。約束して」

「ああ、約束だ」

彼女が大きな瞳で僕をじっと見つめてくる。僕も彼女から視線をそらさずに見つめた。

そこにボブが僕らの間に入って、空いた左手を握った。

「もしお前が襲われたら、絶対に助けるからな！　一人で無茶するんじゃねえぞ！」

「ああ、分かってる」

最後にアルヴァンが僕の両手を包み込むようにして手を重ねてきた。

「……死ぬんじゃないぞ」

「はい。みんなも！」

こうして全員の手が合わさったところで、僕は腹の底から声を響かせたのだった。

「信じれば、かなわぬ夢はない‼」

「おおっ‼」

＊

ＣＭに突入した。

「おい、ミカ。泣いてるのか？」

「な、泣いてなんかいないもん！」

「ごまかさなくていいから。ほれ、ティッシュ」

「ふんっ！　お兄ちゃんのイジワル！」

「お、ＣＭ終わるぞ」

＊

僕たちが監獄塔に身を潜めてから、数時間が経過した。空は白み始めている。食糧と水がないため、全員が目を覚ましたら、ここを出て化け物がいる古城に潜り込まなくてはならない。どうしたらいいのか考えながら、ウトウトしていた。

……と、その時だった。

――ドォォォン!!

耳をつんざく轟音《ごうおん》が聞こえてきたのだ。その音には聞き覚えがある。アルヴァンの所持している強力な銃の発砲音だ。

僕は叫んだ。

「アルヴァン!!」

彼は一つ上の階にいるはず。僕は彼のもとへ急いだ。そして部屋に飛び込んだ瞬間、驚愕《きょうがく》のあまりに甲高い声が出てしまったんだ。

「なぜだ!? なぜ君がここにいるんだ!?」

なんとそこには化け物の美少女が立っていたのだ。

「……クライヴ! 無事だったか! こっちへ来い!」

僕は慌てて化け物から離れてアルヴァンの背中に回り込んだ。

しかし……。

「……ぐはっ……。まさか……」

アルヴァンが血を吐きながらうつ伏せに倒れたのだ。とたんに視界が開けて、化け物が目に映る。僕は懸命に声をあげた。

「やめろ……。こっちへ来るな!」

……と、その時。

「クライヴ!!」

ナタリアが化け物の背後から短剣で襲いかかった。しかし彼女の渾身《こんしん》の一撃は振り下ろされることはなかった……。

「うぐっ……。あんた……。こんなこと……」

見れば彼女の肩から胸にかけて大量の血が流れている。そして彼女は仰向けに倒れて息絶えた。

僕と化け物の周囲に転がるアルヴァンとナタリアの亡骸《なきがら》。迫りくる絶望を前にして、僕は歯ぎしりしながらうなり声をあげた。

「まだだ……。まだ……」

しかし化け物は臆することなく、ニヤニヤと笑いながら近づいてくる。そして意外なことを口にしたのだった。

「ふふふ。そうね。まだ一人いるものね」

その言葉に全身に電撃が走ったかのような衝撃を覚えた。

「ボブのことか⁉」

彼は地下室にいるはずだ。なんとしても彼のもとへ行かなくては！

しかし気づいた時には、化け物は部屋から姿を消していた。

「待て！」

急いで化け物の背中を追う。すると入口のほうからボブの叫び声が聞こえてきた。

「くそっ！　まさか、こんなことになるなんて‼」

入口の扉が目に入る。そこには懸命にカギを開けようとしているボブの姿があった。その背中にひたひたと化け物が近づいていく。

「ボブ‼　後ろ‼」

「ひいいいい‼」

ボブは扉を開けるのをあきらめ、化け物から距離を取り始めた。

「こっちへ回り込んでくるんだ!!」

僕が叫ぶと、彼は指示に従って部屋を時計回りに駆け出す。そうして彼は僕のすぐそばまでやってきた。

だが、その直後だった……。

「え……?」

ボブの口から大量の血があふれてきたのだ。

「そ、そんな……。ごふっ……」

それが彼の最期の言葉だった。その場で膝から崩れた彼は、しばらく痙攣《けいれん》した後、動かなくなってしまったのだった……。

「ふふふ。これでついにあなただけね」

こうして僕はたった一人の生き残りになってしまった……。

このまま僕は化け物と『永遠の愛を誓い合う』ということになってしまうのだろうか――。

以下、次回!!

＊

あっという間に二十五分が過ぎて、アニメはエンディングを迎えた。

さすがはクライマックスだけある。ところどころカメラワークが悪く、三人が殺されたシーンがよく見えなかったのが残念といえば残念だ。

しかし見ごたえは間違いなく、今までで一番だったな。

「すごかったね、お兄ちゃん」

「ああ、最後の三人は『死亡フラグ』すら見えなかったもんな」

「うん、死亡フラグが見えなかったね」

「来週が最終回か……。どうなっちゃうんだろう」

「あ、そういえば『賭け』！」

「賭け？」

「うん！　誰が最後まで生き残るか、って賭け！　私の勝ちだよ！　お兄ちゃん！」

「げっ！　そうだったな。仕方ない。約束は約束だ。なんでも一つだけ言うことを聞いてやるよ」

「やったぁ！　じゃあ……」

さて、どんなお願いだろうか。

ミカはまだ中学生。あんまり無理なことを言ってきたら、しっかり断らなくては。

思い起こせばここから全部始まっていたんだよな。

『死亡フラグが立ったら絶対に死ぬアニメの世界で、絶対に死にたくないモブ男の俺と、絶対に殺したい美少女ヴァンパイア』の物語は――。

■法則その1　『最初に犯人の存在に気づいた人』は殺される

ミカのテレビっ子ぶりは筋金入りだ。部屋ではいつもベッドから体を起こしながら、ドラマや映画に見入っている。

そして彼女は部屋に入った俺に『とある法則』を勝手に吹き込んでくるのだ。

――『最初に犯人の存在に気づいた人』が殺されるのってテンプレなの知ってる？

ほらね！　やっぱり殺されちゃったでしょ！

それは『死亡フラグ』の法則。

あの時は嬉々《きき》として語る彼女の表情を眺めているのが好きなだけだったけど、まさかこんなところで役に立つなんて――。

＊

目覚めるとそこは異世界だった。

異世界に飛ばされてしまった理由は分からないが、どうしてここが異世界だと気づいたのかと聞かれれば、答えは山ほどある。着ているのは中世ヨーロッパが舞台の映画で見られるような、袖が膨らんでいてところどころを紐《ひも》で締めた服だし、今いるのは、築三十年のワンルームマンションではなく、簡素なテントだ。

そして何よりも……。

「おい、起きろ。イルッカ・ヴィロライネン」

舌をかみそうな名前で呼ばれたことだ。目覚める前の俺の名前は中村翔太《なかむらしょうた》。れっきとした日本人であり、いかにもヨーロッパにありそうな名前ではない。もっと言えば、がっちりした筋肉質な体も、一晩ではえるゴマのような無精ひげも、クマのような全身の体毛も、俺を構成するすべてのパーツが本来の俺でないことを物語っている。

つまり俺は異世界に転生した、ということだ。

「ああ、そんなに大声をあげなくてもばっちり目覚めているさ」

「そうか、それはよかった」

普通、こういったシチュエーションに放り込まれるとパニックに陥ってしまうだろうが、俺は自分でも驚くほど冷静だった。なぜなら『イルッカ・ヴィロライネン』という名前を呼ばれたことで確信したからだ。ここは円盤《ブルーレイディスク》を買うほどに好きだったアニメ『キープ・キリング』の世界であることを。そして断りもなく俺のテントにずかずかと乗り込んできた、いかにも悪役といった面構えの男のこともよく知っているのだ。

「んで、何の用だ？　ディートハルト・フェルステル」

「あれ？　なんで俺のフルネームをてめえが知ってるんだ？　昨晩の自己紹介では『ディートハルト』としか言わなかったと思うが……」

そう言われれば円盤の特典である設定資料集にフルネームが書かれていただけだったな。その設定資料集には登場人物たちの細かい人間関係も書かれていて、読んだだけで泣いてしまったっけ。

……とまあ、過去の思い出よりも、フルネームを呼んだくらいで俺を怪しんでいるディートハルトをどうにかしなくては。

ただコイツは頭悪そうだし、適当にごまかせばどうにかなるだろ。

「お前さんは伝説の盗賊団のリーダーだったじゃねえか。町の有名人の名前を知らなかったらモグリもいいところだぜ」

「へへ、そうか。俺は有名人ってことか」

単純なヤツだ。しかも悪行で名をはせておいて、そんなに嬉《うれ》しいものかね。

……もちろんそんなことは口に出さず、俺は話を切り替えた。

「ところでなんだい？　まだ夜明け前だっていうのに」

「あ、ああ。ちょっと話があってな……」

「分かったよ。だがコソコソと隠れて話をするのはよくない。準備ができたらすぐにここを出るから、外で待っていてくれ」

「おう……」

狭いテントからむさ苦しい男が立ち去ったことにほっと胸をなでおろすと、状況の整理をすることにした。

この世界での俺の名は先ほどの通り、イルッカ・ヴィロライネン。年齢は三十。主人公でもなければ、ストーリーのカギを握っているような重要な人物でもない。言ってみれば『冴《さ》えないモブ男』である。

『キープ・キリング』の始まりは、俺たちが住む町で二人の若い女が惨殺されたところから始まる。彼女たちに接点はなく、犯人の目星はつかない。町中が騒然となる中、第三の悲劇が白昼に起こった。

――ギャアアア!!

町の領主の悲鳴が館から響き渡ったのだ。護衛の騎士たちが駆けつけた頃には犯人の姿はなく、瀕死《ひんし》の領主の口から『黒い森の奥にある古城で化け物が待っている』と告げられただけだった。

それから三人の騎士たちが古城へ向かったが、彼らは帰ってこず、ついに町では四人目の被害者が出てしまう。町の人々は困り果てた。なぜなら三人の騎士たちは町でも一番の屈強な戦士だったからだ。そこで立ち上がったのがクライヴ・ハリディ。殺された領主の息子で伯爵の身分を継いだ青年だ。町には婚約者もいる。

彼が四人たちを集めて『討伐団』を結成することにした。

質でダメなら量で攻める……。

ずいぶんとお粗末で無謀な作戦じゃねえか。しかし父親を殺されたクライヴの悲壮な決意をさまたげることができる者はいなかった。

……と、ここまで聞けば、よくある冒険映画とあまり変わらない。だが、この世界には独特の『設定』が一つある。

俺はそれを確かめるためにテントを出た。そしてディートハルトの隣に腰をかけて、彼に話しかけたのである。

「んで、話ってなんだい？」

「ああ。お前だけには話しておこうと思ってな」

やはりそうきたか……。

まあ、いい。ここまでならまだ大丈夫なはずだ。

「なんだ？」

「実はな……。化け物は俺たち『討伐団』の中の誰かだ」

これもアニメの通りの展開だ。そして同時に思い出されたのはミカに吹き込まれた法則だった。

――『最初に犯人の存在に気づいた人』が殺されるのってテンプレなの知ってる？

……となると、今の発言でもう立っているんだろうな。

俺はちらりとディートハルトの頭の上を見た。すると漆黒の旗が彼の頭上にはためいているではないか……。

この旗こそが『キープ・キリング』の最大の特徴。

その名も『死亡フラグ』。

思わずため息交じりにつぶやいてしまった。

「ああ、やっぱりそうか……」

「なんだよ？　お前も気づいていたのかい？」

「あ、いや、すまん。なんでもないんだ」

このアニメでは『死亡フラグ』を視聴者が見ることはできるが、登場人物たちは気づかない。そしてフラグが立った人は確実に『死ぬ』というのがこのアニメ独特の設定なのだ。次にどのキャラが死亡フラグを立て、どのように死ぬのかをハラハラしながら見ていたものだ。

その『死亡フラグ』が今の俺にも見えることが分かった。バタバタと大きな音をたててはためいているにもかかわらずディートハルトは気づいていない。どうやら俺はこの世界の登場人物であり、視聴者でもあるようだな。

正直な話、ディートハルトのことはどうでもいいんだ。今、俺がもっとも注意を払わなくてはいけないのは自分のことだ。

なぜなら俺、イルッカはこの時ディートハルトと一緒に『死亡フラグを立てること』になるのだから……。

「いいか、イルッカ。先手必勝だ。俺の言う通りにすれば、俺たちは死なずにすむ。お前も死にたくはないだろ？」

「ああ、死にたくはないな」

確かに死にたくないさ。しかしディートハルト。あんたの言う通りにすれば、俺は確実に死ぬ。それはアニメを観れば一目瞭然なんだ。だからどうにかして『死亡フラグ』を回避して、生き延びなくては——。

ここから俺の壮絶なドラマが始まったのだった。

■法則その2　『犯人の存在に気づいた人と一緒に犯人捜しをする人』は殺される

——お兄ちゃん！　知ってる？

『犯人の存在に気づいた人と一緒に犯人捜しをする人』も殺されるっていうのがテンプレなんだよ。ほらっ！　言った通りになったでしょ！

＊

「イルッカ。俺と一緒に誰が化け物なのか探そうぜ。そいつを吊《つ》るし上《あ》げれば、俺たちは町の英雄だ。へへへ」

ディートハルトのやつ、何も知らずに悪い顔して笑いやがって……。

ちなみにこいつは盗賊団のリーダーだった男で、自分だけが逃げ延びるために仲間たちを『口封じ』で殺した前歴がある。平気な顔して仲間を殺しておきながらまったく反省の色を見せないあたり、根っからの悪だ。しかも殺した相手がイルッカの幼馴染《おさななじみ》だっていうじゃないか。

きっと彼は俺と一緒に化け物をとらえたところで俺を裏切って手柄を独り占めするつもりだろう。だがその前に化け物から『口封じ』されてしまうのだから皮肉なものだ。それでも俺、イルッカに比べればまだ真相に近づいているだけマシだ。俺にいたっては、何も知らないうちに彼と一緒に消されてしまうという哀れな運命をたどるのだから……。

さて、ではいかにして死亡フラグを回避しようか。今の俺にはいくつかの選択肢がある。

（1）彼と一緒に犯人捜しを手伝うことにする
（2）『仲間を疑うなんてできるはずないだろ！』と突っぱねる
（3）のらりくらりとかわす

言うまでもないがアニメではイルッカは（1）を選択してしまう。仮に上手《うま》くいってもディートハルトに裏切られ、そうでなくても化け物に殺されるという最悪な選択肢だ。ちょっと考えれば分かりそうなものだが、脳みそまで筋肉でできているイルッカには思いつかなかったようだ。

では（2）を選択したらどうか。

これもアウトだ。重大な秘密を打ち明けられたにもかかわらず否定しようものなら、その場でディートハルトに消されてしまいかねない。そうでなくても「化け物とつながってるな」と疑われるに違いない。

……となるとおのずと残る選択肢は一つだ。

（３）の『のらりくらりとかわす』であり、「犯人捜しに協力しない」かつ「ディートハルトに敵対しない」という状況を作り出さなくてはいけないってことだ。難しいが考えている暇はない。まずは「犯人捜しに協力しない」ということを明らかにして反応を見よう。

「悪りぃな。俺は仲間を疑うような真似《まね》はしたくねえんだ」

「なんだと!?　てめえ！　ここまで聞いておきながら聞かなかったフリを決め込むつもりじゃねえだろうな？　そんな裏切りが許されると思ってるのか？」

思った通りの反応とは言え、一方的に自分から秘密を打ち明けておきながら『裏切り者』の烙印《らくいん》を押してくるのは理不尽だろ。だがそういう理屈が通じるような相手ではなさそうなのは、不自然にズボンのポケットに右手を入れていることからも明らかだ。俺が逆上しようものなら、ポケットに忍ばせたナイフでズブリと突き刺してくるつもりなんだろうな。

ちらりと自分の頭上に目をやった。よかった。まだ死亡フラグは立ってない。ならばこのまま自分を信じて突き進むだけだ。

次は「ディートハルトに敵対しない」というのを伝えることだ。

「すまん、すまん。ディートハルトを怒らせるつもりはねえんだ。俺もお前さんに協力したいのはやまやまだ。だが確証もなく仲間を疑うってのは性に合わねえってことだ」

「確証だとぉ？」

「ああ、どうしてお前さんが仲間の中に化け物がいる、って思ったのか。それを示してくれなかったら俺は動くつもりはねえよ」

「それは……」

ディートハルトが口ごもったのは、その『確証』とやらが言いづらいからだろう。ちなみにこの後すぐに彼は何者かによって殺されてしまう。だから彼が仲間の中に化け物がいると思った理由はアニメでも示されなかった。

……と言っても、何となく真相は分かっているんだけどな。それを確かめるために鎌をかけてみるか。

「なあディートハルト。お前さんは仲間の中に化け物がいるって、『誰か』に吹き込まれたんじゃねえだろうな？」

「えっ!?　なんで分かったんだ!?」

「……やっぱりそうだったか……。分かった。じゃあ、明日の早朝にそいつを連れてこい。そしたら信じてやる」

「……ああ、分かった。そうしよう」

「では約束だ。それまでは俺は信じないぞ。たとえお前さんの身に何があってもな」

「ははは！　俺の身に何があってもだって？　それは心配ない！　化け物だかなんだか知らねえが

俺を殺すことはできねぇ！　いいだろう！　約束してやる！」

　よし、上手くいった。

「犯人捜しに協力しない」かつ「ディートハルトに敵対しない」という二つを成立させたから、死亡フラグを回避したはずだ。

　俺は相変わらず黒い旗を頭に乗せたままのディートハルトの背中を見送りながら、自分の無事を祈り続けたのだった。

＊

　その日の夜――。

　ディートハルトの叫び声が静寂を破った。

「ぎゃあああ!!」

　異変に気づいた仲間たちが一斉に自分のテントから飛び出してくる。俺も彼らにならって寝袋から出た。

　まだ寝ていたいがそうも言っていられない。下手な動きをすれば、俺が疑われかねないからな。ここはみなに調子を合わせておくのが最善だ。

「なんだ!?」

「ディートハルトか!?」

　全員で彼のテントに駆け寄る。そして幕を開けたとたんにナタリアという名の若い女が叫んだ。

「きゃあああああ!!」

テントの中は血の海。その中央に、全身を鋭利な刃物で切り刻まれたディートハルトの亡骸が横たわっていたのだ。

恐怖で顔を引きつらせたまま絶命している。アニメでもえぐかったが、目の前で本物を見ると余計にえぐいな……。

「化け物だ！　まだ近くにいるかもしれない！　武器だ！　武器を持つんだ!!」

正義感たっぷりに主人公のクライヴが声を張り上げると、みな一斉に自分のテントへ武器を取りに戻っていく。

仲間が惨殺されたことで、彼らは怒りと緊張に包まれているようだが俺はまったく違っていた。なぜならディートハルトと一緒に殺されるはずだったのに、ピンピンして生き延びているのだから。彼には悪いが安堵《あんど》のほうが勝っていたのは当然と言えよう。

そんな中、後からやってきた少女がテントの前で立ち尽くした。

長い黒髪が夜風にさらりとなびき、絵画から飛び出してきたかのような美しい横顔と印象的な濃い紫色のワンピースが月の明かりに照らされて浮き上がっている。真夜中でも分かるくらいに顔を真っ青にして震えている彼女に対して、ナタリアが甲高い声をあげた。

「アルメーヌちゃん！　危ないから私のそばを離れないで！」

アルメーヌと呼ばれた少女の体は細く、とてもじゃないが武器を手にして戦うことはできないだろう。彼女は無言のままナタリアに抱きついた。

「大丈夫。大丈夫だから。何があっても私たちがアルメーヌちゃんを守るから！」

アルメーヌの周囲に武器を手にした仲間たちが続々と集まる。それを見た彼女は小さな笑顔を作った。

「ありがとう……」

こうして仲間たちは、何があっても少女を守ると、決意を固くするのだった――。

……ただし俺を除いて、である。

なぜなら俺は知っているのだ。

いかにも守りたくなってしまう美少女アルメーヌ。

彼女こそ『化け物』……つまり『ヴァンパイア』であることを――。

■法則その3　サスペンスドラマでもっとも死なないキャラの特徴

――ねえ、お兄ちゃん！　サスペンスドラマでもっとも死なないキャラってなんだと思う？　それはね……。

＊

小さな体を震わせているアルメーヌを冷めた目で見ながら、俺は『キープ・キリング』のストーリーを思い起こしていた。

クライヴの号令によって集められた『討伐団』のメンバーは二十人。化け物の討伐に成功すれば、赦免されて牢屋《ろうや》から出られると知ったメンバーたちは意気揚々と町を出た。さらに『黒い森』までの案内人として一人の少女……アルメーヌが彼らについていった。

彼女の『設定』は捨て子。教会で育てられた彼女は「町のお役に立てるならば」ということで案内人に立候補したらしい。危険を伴うので神父をはじめとして多くの人々が反対したが彼女の決意は固かった。

『ここで行かなかったら絶対に後悔する！　私はこの町に育てられたの。だからこの命を差し出してでも恩返しがしたいの！』

と叫んでから教会を飛び出していった。

……なんて白々しいんだ。ストーリーの全容を知った後なので、彼女の思惑が透けて見えていてドン引きしてしまう。

とりあえずそれは置いておいて、ストーリーを先に進めよう。

討伐団が町を出てから三日目の夜。ディートハルトとイルッカの二人が惨殺された。つまりたった今というわけだ。特にイルッカは元剣闘士だったので討伐団の中に衝撃が走るのだが、今の仲間たちの様子を見るに、別にイルッカが殺されなくてもじゅうぶんなショックを受けているようだ。

つまりイルッカは『殺され損』だったということか……。そっちのほうがショックだな。

さて、それからの『討伐団』だが、二人が殺されたところで引くわけにもいかず、『黒い森』に向けて前進を再開する。だがその後も一人また一人と『死亡フラグ』を立てたメンバーが殺されていった。

そしてついに目的の古城にたどり着いたのだが、化け物などどこにもいない。

そこで満を持してアルメーヌが正体を明かしたというわけだ。

『私はヴァンパイア。永遠の愛を誓う夫を選ぶために、あなたたちを利用したの』

彼女いわく、最後まで生き残った人こそ『本当に強い者』なんだそうだ。

そんな中、最後まで残ったのは、ひょろっとした細身のイケメンにして、物語の主人公であるクライヴ。だが彼は旅をしている間にアルメーヌに恋をしてしまったんだ。だから彼女の口から真実を聞かされたとたんに泣き崩れてしまう。

『なんでこんなことをしたんだ⁉』

アルメーヌもまた涙を流しながら答える。

『これが私たちヴァンパイアの血の掟《おきて》なの。私だって本当はこんなことしたくなかった！　普通の女としてあなたと恋に落ちて、静かに暮らせたらどんなに幸せだったことか！』

『僕は信じない！　愛する君が化け物だったなんて！　だから嘘《うそ》だと言ってくれ！』

『ごめんなさい。ごめんなさい！』

クライヴはなすすべなくアルメーヌに首筋をかまれてしまう。彼は血を吸われている間、こうつぶやく。

『僕は誓う。これからは君の苦しみを僕が背負うと。だから……。もう泣かないで……』

クライヴの心臓は止まり、彼もまた不死のヴァンパイアとしてアルメーヌと共に生きていく。人の生き血を吸わねば生きていけないクライヴは、涙を流しながら町へ戻って人々を襲い始めた。

そして彼はついに町に残した自分の婚約者セルマを手にかけてしまうのだった——。


これがストーリーの全容だ。リアルタイムでアニメを観ていた時はラストシーンに感動したものだが、こうして殺される役になると感動なんてありえないな。

ちらりとクライヴに目をやると、アルメーヌのことなど見向きもせずにまっすぐ前を向いている。この時点ではまだ惚《ほ》れていないってことか。

あ、ちなみに俺は貧乳の美少女が好みだが、彼女にはまったく興味がない。だって多くの人間を残酷なやり方で殺すんだぜ。頭がおかしいとしか言いようがないだろ。

しつこいようだが、俺は化け物の少女に殺されるつもりなどこれっぽっちもない。なんとしても生き延びてやる。そのためにはこの世界の『設定』に逆らってはならない。つまり『死亡フラグを立てさせない』ということ。というのも、アルメーヌには『死亡フラグが立っていない人間を殺せない』という制限があると、ストーリーの終盤で明らかになるのだ。

ではどうやれば『死亡フラグ』が立たないのか。その答えはかつて妹のミカが教えてくれたじゃないか。

——ねえ、お兄ちゃん！　サスペンスでもっとも死なないキャラってなんだと思う？

それはね『冴えないモブキャラ』だよ！

ストーリーの重要人物でなければ殺されても視聴者の心が動かないからね。主人公に近ければ近い人ほど、殺されるとインパクトがあるってもんだよ。だから『モブキャラは殺されない』！　覚えておくと便利だよ！


ナイスだミカ。元の世界に戻れたらアイスをおごってやろう。そこで俺は妹の金言に従って心に誓ったのだ。

徹底的に『冴えないモブ男』になってやる、と——。

■法則その4　『頼りになる用心棒的なポジションの人』は殺される

『死亡フラグマニア』のミカはパニック映画やホラー映画も愛している。しかしストーリーを追っているというよりは、『次に誰が死ぬのか』を推理しているだけなんだよな……。


——お兄ちゃん、知ってる？

『頼りになる用心棒的なポジションの人』って、たいてい序盤で死ぬんだよ。

『まさかあいつが殺《や》られちまうなんて……』ってみんなが絶望に陥るの。ほらっ！　言った通りでしょ！

＊

ディートハルトは惨殺されてしまったが、『討伐団』の前進は再開された。アニメと違うのは『残り十八人と化け物』のはずが、俺が生き延びたために『残り十九人と化け物』になったことくらいだ。

もちろんそのことに疑問を持つ者などおらず、俺は何食わぬ顔をしてメンバーたちの後をついていった。アニメでは次の目的地までの道のりで誰かが死ぬことはない。だが『死亡フラグ』を立てないように細心の注意を払わねばならないのは当然だ。すぐそばで化け物の少女のアルメーヌがてくてくと歩いているんだからな。

彼女が時々こちらを見てくるのは俺の頭上に漆黒の旗がないか確認しているからに違いない。

さて、ではさっそく『冴えないモブ男』に徹するとするか。

こういう時は主人公や化け物に近寄りすぎるのも、ぼっちになるのもＮＧだ。あと若い女と仲良くなるのも絶対にダメ。恋仲になろうものなら『死亡フラグ』を立ててくださいと言っているのと同じだ。

……もっとも『冴えないモブ男』の俺に近寄ろうという女子なんているはずもないのだが……。

とにかく当たり障りのないモブキャラの同性と、当たり障りのない会話をしながら進んでいくのがベストだ。俺はちょうどいい中年のおっさんを見つけると親しげに声をかけた。

「おう。ジャスリー」

「やあ、君は確か……」

「イルッカだ。よろしくな」

「ああ、イルッカ。よろしく頼むよ」

「なんだよ、元気ねえな」

「当たり前だろ？　あんなもん見ちまったんだから……」

「まあ、それもそうだよな。ところでお前さんの趣味はなんだい？」

「俺の趣味？　なんで今、そんな話をしなくちゃならないんだよ」

「いいから、いいから。教えてくれよ。減るもんじゃねえし」

「仕方ないなぁ……」

　この後、さんざん『幼女の靴下』について聞かされた。すっかり忘れてたが、ジャスリーは洗濯場に干してあった女の子の靴下を大量に盗んだ容疑で捕まったと設定資料集に書いてあったな。かなり気持ち悪かったが、死亡フラグを回避するためなら軽いもんだ。おかげで幼女の靴下についての知識がチート級に身についたが、今後活《い》かされることはないと断言できる。

＊

　そうこうしているうちに次の目的地に到着した。目の前の岩壁には大きな穴が開いている。

「ここが『白い洞窟』か。この洞窟を抜けないと『黒い森』にはたどり着けないんだよね」

主人公のクライヴがゴクリと唾を飲み込んだ。心配そうな顔をしたアルメーヌが、ぎゅっとクライヴの手をつかむ。

クライヴはアルメーヌのほうへ視線を向けると「心配ないよ。僕たちがついてるからね」とぎこちない笑みを浮かべたのだった。

クライヴよ。そいつは化け物だぞー。

むしろ自分の心配をしたほうがいいぞー。

心の中でそうつぶやきながら、俺は温かい目で見守っていた。

もし妹のミカがこの状況を見たら、何を考えるだろうか。想像してみるとミカのささやく声が頭に浮かんできたのだ。

――お兄ちゃん、ここで一人死ぬわね。

さすが『死亡フラグマニア』のミカ。その通りだ。

俺は知っている。ここで誰かが死ぬことを――。

＊

さて洞窟の前までやってきたのはいいものの、討伐団は不気味な雰囲気に動けないでいた。

「中から何か感じるわ……」

ナタリアが言うと、全員が小さくうなずく。

ちなみにこの洞窟には人畜無害のコウモリくらいしかいないから、まったくの気のせいだ。もっと言えば、お前のすぐ横に化け物がいるんだぜ、と教えてやりたい。

……と、その時だった。

「まずはわしが様子を見に行ってこよう！」

高らかに宣言した老人に視線が集まった。

彼は『伝説』とまでうたわれた元英雄、ペートルス・フィデッサー。六十三歳。かつて天災をもたらした龍を倒したため、『龍殺し』という異名で称《たた》えられた。しかし町へ戻ってきた後は職がなく、浪費ぐせがも激しかったこともあり、金に困った彼は悪事に手を染め始めた。

売春のあっせん、恐喝、地上げ……。

元英雄ということで大目に見られていたのが逆効果となり、彼の犯罪は増長していった。そうしてついに殺人を犯したところで捕まってしまったのである。過去の栄光にしがみついたゆえに陥った典型的な転落人生と言えよう。きっと今の状況も『昔の血が騒いできたわ！』とか思ってるんだろうな。

だが知ってるか？

——頼りになる用心棒的なポジションの人って、たいてい序盤で死ぬんだよ。

すでに彼の頭上には『死亡フラグ』がはためいている。しかしそんなことに気づこうともせずに、彼は意気揚々と洞窟の入口のほうへ向かっていった。

「ペートルスさん！　無茶はダメだ!!　ここはみんなでひとかたまりになって行きましょう！」

クライヴから助け舟が出された。もしこれに乗っかれば、漆黒の旗はポキッと折れるんだろうな。いや、もしかしたら一度立てた旗は何をやっても折れないのか？

それは試しておく必要があるな。まあ、いずれにせよ元英雄のつまらぬプライドが、宣言した言葉の撤回を許すはずもない。

「カカカ！　わしを誰と心得る⁉　『龍殺し』のペートルス・フィデッサーじゃ！　化け物など恐れるに足りず!!　洞窟内の安全が確認できたらみなを呼ぶからのう。しばらくここで待っておれ！」

そして……。

「おじさん！　洞窟の中は迷路になってるから、私が案内するわ！」

アルメーヌの純真な声が響いた。

目をキラキラと輝かせている彼女を見て、ペートルスがニヤリと口角を上げる。

「イイ目じゃ。わしが今まで見てきた中で一番信頼できる目をしておる。うむ、おぬしに道案内を頼もう」

ああ、じいさん。おぬしの目は節穴じゃ。少女の目が輝いているのは、あんたを殺せる喜びに満《み》ち溢《あふ》れてるからなんだぜ。

しかし彼が手にかけたのは、イルッカの妹の友人だと設定資料集に書いてあったから、同情のかけらもない。

せいぜい化け物相手に最後の悪あがきでもしてくれ。

……と、その前に一つだけ試しておきたいことがある。そこで俺はムードメーカーのボブの背後に回り込んだ。根っからの臆病者である彼は小刻みに膝を震わせながら、人混みの中に隠れている。そんな彼の背中を俺は自慢の怪力でグイッと押した。

「のわっ!」

押し出された彼はペートルスの隣に躍り出た。

「どうしたのじゃ? おぬしも共に行くというのか?」

ペートルスが目を丸くし、みなの注目がボブの口元に集まった。当然、彼が何を言いだすのか気になるためである。

しかし俺だけはボブの頭上に視線を送っていたのだ。そしてボブの頭に漆黒の死亡フラグがはためいているのを目の当たりにして、冷や汗を背中に垂らしていた。

「なるほどね……」

誰にも聞かれないような小声でつぶやく。

「だ、だ、誰だぁ!? 俺は嫌だからな!! 化け物がいるかもしれない洞窟にじいさんと一緒に入るなんて!!」

ボブは顔を真っ赤にしながら、こちらに走って戻ってきた。とたんに彼の頭上にあった旗が根元からポキッと折れて消える。その様子を見て俺はほっと胸をなでおろした。

「これはいいことを知った」

ここで重要なのは、行動によっては一度立ってしまった死亡フラグを折ることができるという事実だ。それは設定資料集にも書かれていなかったことであり、わずかに俺を勇気づけた。

「では、行ってくる!!」

力強く挨拶をしたペートルスを心の中で手を振りながら見送っていたのだった。

……しかし、直後に思わぬ展開が待ち受けていようとは、たとえミカでも推理できなかったに違いない。

それは二人が洞窟の入口のギリギリまでやってきた時だった。突如としてこちらへ振り返ったアルメーヌが元気な声をあげたのである。

「おじさん！　あの人も連れていこうよ！　きっとおじさんの役に立つはずだよ!!」

彼女が指さした先に立っていたのは……。

俺、イルッカだった——。

■法則その5　ホラー映画で生き残る確率を上げる方法

ミカはどういうキャラが死ぬかをよく知っている。裏を返せば『どういうキャラが生き残るのか』も分かっているということだ。

――ねえ、お兄ちゃん！　知ってる？

ホラー映画で生き残る確率を上げる方法があるんだよ。それはね……。

＊

「おじさん！　あの人も連れていこうよ！　きっとおじさんの役に立つはずだよ!!」

「はっ？　俺？」

「うん！　おじさん、強そうだし！」

な、なんだと……!?

キラキラした目をこっちに向けながら俺を指さすアルメーヌ。

おいおい、この展開はアニメになかったじゃねえか。

……いや、そもそも俺は死んでたからこうなっても仕方ないのか？

「うむ。おぬしもイイ目をしとるのう」

待て、じじい。貴様の節穴の目をこっちに向けるな。

――ポンッ。

クライヴが俺の肩に手を乗せてきた。

「イルッカさん。アルメーヌとペートルスさんが心配だ。あなたがついていってくれれば心強い」

てめえ……。

さっきはじじいを止めてたじゃねえか。なんで俺のことは止めないんだよ。

これはまずいことになった……。

と、とにかく選択肢の整理だ。今の俺が取れるのは……。

（1）このままペートルスと一緒に洞窟に入る
（2）全員の前で『だが断る！』と高らかに告げる
（3）突拍子もない行動に出る

この三つだろう。

言うまでもないが（1）を選択すれば、二人とも化け物の少女の餌食となる。

もし運良く一人で逃げきれたとしても、彼女の正体に気づいてしまった俺の頭には死亡フラグが立ち続けるに違いない。

では（2）はどうか。

これもダメだ。

なぜならクライヴやアルメーヌの意見に反対した時点で『協調性のない自己中人間』のレッテルをはられる。そうなれば当然、孤立することになるだろう。

こういったシチュエーションでは「孤立＝死亡フラグ」というのがテンプレだとミカが言っていた。

……となると残された選択肢はたった一つ。
（3）の「突拍子もない行動に出る」だ。
しかしいったい何をすれば俺は死亡フラグを回避できるのか……。

「おじさん！　はやくぅ！」

アルメーヌが笑顔で俺を呼ぶ。しかし彼女の目は笑っていなかった。むしろ「早く、こっちへこい」と命じているようだ。

こいつ俺を殺したがっているのか？

しかしあまり考えている暇はなさそうだな。こういう時は素直にミカの言葉を思い返すに限る。

――ねえ、お兄ちゃん！　知ってる？　ホラー映画で生き残る確率を上げる方法があるんだよ。

それはね……。

これだな。もうこれしかない。

「ああ、分かった。今からそっちへ行くよ。ただしな……」

そう切り出した俺は一人の男の腕をつかんだ。その男の目が丸くなる。

「え？」

それはクライヴだった……。


――ホラー映画で生き残る確率を上げる方法があるんだよ。それはね『主人公』と一緒にいること、だよ！


だったよな。ミカ。

主人公は最後まで絶対に死なない。だからピンチの時は主人公のそばからピタリと離れなければ化け物に襲われる可能性が低くなる。だから俺は『キープ・キリング』の主人公であるクライヴを連れていくことにしたのだ。

「俺やじいさんに何かあった時のことを考えてクライヴにも一緒に行ってもらう」

「はぁ!?」

俺の突拍子もない行動に、アルメーヌが露骨に嫌そうな顔をした。やはりこの女、俺を殺そうとしていたな。

ざまぁみろ。俺はそう簡単に死なないんだよ。

「僕だって洞窟へ入って道を切り開きたい。でも、ここに討伐団のみんなを置いていくわけにはいかないんだ……」

クライヴが言いよどむ。

彼は仲間想《おも》いで正義感の強い好青年という設定だ。だからここ一番という時には勇敢に困難に立ち向かうのだ。その姿に感動していたものだ。

だからここでも『ここ一番』を発揮してもらおう。

「この洞窟を無事に抜けられるかどうかで俺たちの……いや町の運命は決まるんだ。だからクライヴ。お前の力を貸してほしい。頼む」

できる限り熱っぽく語ってみた。効果はてきめんだったようだ。彼の顔色が青から赤く変わっていく。

そして、

「よし。じゃあ、僕も行こう。みんな。日が暮れても僕たちが洞窟から出てこなかったら町に戻って増援をお願いしてほしい」

「待って、クライヴ！　一つだけ約束して！」

ナタリアがクライヴを大声で呼ぶ。言うまでもないが彼女は彼に惚れている。だから洞窟に入る他の三人には目もくれず、一直線にクライヴを見つめている。

まあ、恋は盲目と言うしな。仕方ない。もっともライバルが化け物少女のアルメーヌだから絶対にかなわぬ恋なんだけどな。

「絶対に死なないで！」

「ああ、約束だ。僕は死なない。だから後は頼んだよ」

大丈夫だ。彼は死なない。なぜなら主人公だから。

「そろそろ行くわよ」

アルメーヌが明らかに不機嫌そうに言ったのは、クライヴと見つめ合っているナタリアへの嫉妬だけじゃない。殺したくて仕方なかったイルッカに死亡フラグが立たなかったからだ。

これではっきりしたな。

アルメーヌは俺を殺したがっている。理由は分からないが。

「ああ、死にたくねえな」

俺はボソリとつぶやくと、アルメーヌが無邪気な笑顔で返してきた。

「大丈夫よ！　クライヴおにいちゃんたちがいるから！」

お前が言うな、とは言えないまま、洞窟の中へと入っていったのだった。

■法則その6　主人公の正しい利用方法

——ねえ、お兄ちゃん！　知ってる？

死亡フラグを立てるような行動をしていなかった人が突然殺されることがあるんだけど、たいていは『巻き込まれて死ぬ』なんだよ！

＊

「ふん！　何が化け物じゃ！　わしはそんなもんを信じないぞ！」

「がはは！　どうした化け物！　怖気《おじけ》づいたかぁ!?　いつでもかかってこい！　この龍殺しが相手してしんぜよう！　がはは！」

ペートルスじいさんは『死亡フラグ』をいくつも立てまくっている。

「へえ、死亡フラグって何本も立つものなんだな」

どうでもいいところに感心している場合ではない。俺は俺でいつ死亡フラグが立ってもおかしくないのだから。

さて、そんなことを考えているうちに、ちょっとした広場に出てきた。

「真っ暗だからまったく見渡せないな」

クライヴが不安そうにつぶやいた。アニメの通りならばそろそろだな。

とその時。

「キャアアアア！」

アルメーヌの叫び声が響き渡ったのだ。直後にクライヴの焦った声が聞こえてきた。

「アルメーヌ！　どこだ？　どこへ行った!?」

やはり予想通りだ。アルメーヌが失踪した。

リアルタイムで見ていた時は、化け物に彼女が連れていかれたと思い愕然《がくぜん》としてしまったのを覚えている。そんな当時の俺を鼻で笑ってやりたい。

言うまでもなく叫び声は演技で、彼女は物陰に身を隠しただけだからだ。暗くて視界がきかないし、広場は姿をくらますにはうってつけの場所ってことか。そして彼女は『道案内の少女』から『人殺しのヴァンパイア』へとチェンジするわけだ。いよいよペートルスじいさんの死が間近に迫ってきたが、俺もピンチに陥るのは間違いない。

「わしのそばを離れるんじゃないぞ‼」

じいさん、むしろその逆だ。あんたからなるべく離れること、それが生存のカギなのだ。

アルメーヌはわざと攻撃範囲の広い一撃を繰り出してくるはずだ。

もし俺がじいさんの言葉通りに隣に立っていようものなら、彼女は容赦なく俺を巻き込んでくる。俺はじいさんとともにあの世行き。

そうして彼女はもの言わぬ姿となった俺を見下ろしながらこう言うんだ。

──あ、手がすべっちゃった。てへ。

手がすべって人を殺しちゃったなんて理屈は通用するはずもないが、ここはアニメの世界だ。じゅうぶんにありえる。というより、絶対にそうなるに決まっている。ミカも言ってたもんな。

──死亡フラグを立てるような行動をしていなかった人が突然殺されることがあるんだけど、たいていは『巻き込まれて死ぬ』なんだよ！　だから死亡フラグが立った人の近くにいると、その人にも死亡フラグが立っちゃうの！

ってな。その点はさきほどボブを利用した「実験」で実証済みだ。つまり巻き込まれないように死亡フラグが立った人間からは離れなくてはならない。

　ではどれくらい離れればいいのか。実はすごく単純なのだ。

「クライヴ。一緒にいてくれ」

「ん？　イルッカさん？　ど、どうしたんですか？　僕の背中に隠れちゃって」

「どこから襲われるか分からないだろ。だからこうして一緒にいてほしいんだよ」

「え、あ、はい……」

　これが答え。すなわち『主人公のそばにピタリとくっつく』である。

「がはは！　イルッカは臆病者じゃのう！」

　ふん！　なんとでも言え。

　むしろ臆病者のレッテルを貼ってくれればラッキーだ。ピンチになれば理由なく主人公の背中にくっつくことができるからな。そしてポイントは死亡フラグが立っているペートルスと俺との間に、主人公のクライヴを挟むことだ。

　つまり、

『死亡フラグが立った人　↓　主人公　↓　俺』

の順番で並ぶ。こうすれば主人公だけを器用にかわして攻撃をすることは難しい。そもそも死亡フラグを立てることすらできないに違いない。暗闇の中でアルメーヌが歯ぎしりしながら悔しがっているのが頭に浮かんできた。

　ははは！　ざまぁみろ！　ここでも俺の勝ちだ！

当然そんな風に大笑いすることはできず、俺はただただクライヴの背中で小さくなっていた。

そして、

――ヒュン……。

という乾いた音が聞こえてきた瞬間に、ペートルスの頭部がずり落ちた。

鋭利な鎌で彼の首を斬りつけたのだろう。もし彼の近くにいたら今頃俺の首とじいさんの首は仲良く地面に転がっていたはずだ。

――ドサッ……。

胴体だけになったペートルスの体が崩れ落ちた瞬間。

「ぎゃあああああ!!」

ようやく事態を理解したクライヴの悲鳴が洞窟を震わせたのだった。

■法則その7　プラス思考は大事

「ぎゃあああああ!!　ペートルスさんがあぁぁ!!」

これで二人目の犠牲者か。かつては英雄と称えられながら、落ちぶれた挙げ句にあっさりと化け物に殺されてしまうとはな。まったく哀れな運命だぜ。

相変わらずグロテスクなシーンだが、俺は冷静だった。しかしここで大人しすぎるのも違和感になる。わずかな違和感でも死亡フラグにつながりかねない状況なのだ。そこで俺は切羽詰まった表情でクライヴの両肩をつかんだ。

「落ち着けぇ！　落ち着くんだ、クライヴ‼」

「あ、ああ。そうだった……。とにかく落ち着かないといけないな。ありがとう。イルッカさん」

「礼にはおよばねぇよ。それよりもこれからどうする？」

あくまで主人公を立てて、主導権を彼に握らせる。間違っても俺が彼を引っ張る立場になったらダメだ。こういったシーンでは、頼れるリーダータイプほど死亡フラグが立ちやすいからな。つまり『冴えないモブ男』に徹する。そうすれば死亡フラグが立つことはない。こんなシチュエーションでも死亡フラグさえ立てなければ、絶対に死なないから焦らなくても大丈夫だ。

そのように自分に言い聞かせたところで、クライヴが口を開いた。

「そうだな……。アルメーヌの無事を確認するのが先決だと思う」

「なるほど。そうするためにはどうするんだ？」

「この暗がりの中では二人で探すのは難しいし、やみくもに前に進めば化け物の餌食になりかねない。ここはいったん戻って仲間たちと合流しよう」

「分かった。そうしよう」

さすがは主人公。状況判断に優れているな。あとは無駄口を叩《たた》かずに彼のそばにいるだけだ。

恐怖に涙を流し、びくびくと震えながら進んでいくクライヴ。一方の俺は彼を励ます振りをしながら、次のことに頭を巡らせていたのだった。

＊

「アルメーヌちゃん!!」

「ナタリア!!　一人で行っちゃダメだ!!」

「いやぁあああ!!　離して!!　化け物がいる中にアルメーヌちゃんが一人きりで取り残されてるのよ!!」

ナタリアのやつ、ずいぶんと取り乱しているな。もしここでクライヴの制止を振り切って洞窟の中に一人で入れば、その時点で死亡フラグが彼女の頭上にはためく。ただし彼女はアニメのヒロインポジだから、そう簡単に立たない。

しかし俺は知っている。この女は腹黒くてエロい。

今だって取り乱しているが、それは単なる振りで、本音はクライヴとスキンシップが取りたいだけに違いない。

設定資料集によれば、彼女にだまされたのを苦に自ら命を絶った男もいたらしい。そして別れた男に詐欺で訴えられて囚人となった。言わば男の敵だ。誰も彼女の素性を知らないのを逆手にとって、熱血な美女を演じているが、腹の中では何を考えているのやら。

「……落ち着け」

いつでも冷静なヒットマン、アルヴァンの低い声でナタリアがようやく引き下がったところで、クライヴが高らかと告げた。

「みんなでアルメーヌを助けに行くんだ！」

誰も反対せずに、俺たちは洞窟の中へと入ったのだった。

＊

難なく先ほどの広場に出た。

足元に転がるじいさんの亡骸。不思議なことに首が落とされているにもかかわらず、血が一滴も飛び散っていない。化け物であるアルメーヌはヴァンパイアだ。彼女が血を吸ったに違いない。だが首のない死体を前に、血がないことなど誰一人として疑問に思っていないようだ。みなが言葉を失っている中、クライヴが言った。

「ここからは二手に分かれてアルメーヌを探そう！」

これもアニメの通りだ。主人公と同じチームになった奴《やつ》らは全員生き延びて、違うチームの奴らは一人を除いて全員殺されてしまうことになるんだよな。

どちらのチームになるかは完全に運頼みだが、こういう時はプラス思考でいたほうがいいってミカが言ってたからな。

俺なら大丈夫。俺なら大丈夫。俺なら大丈夫。

お、なんだかいける気がしてきた。絶対に俺はクライヴと同じチームになれるはずだ。

「僕のチームと、イルッカのチームの二つに分かれよう！」

は？

まじか……。

■法則その8　テレビに映っていない部分はスゴイことが起こってます

――ねえ、お兄ちゃん！　ホラー映画って、画面に映っていないところってどうなってるんだろうね！

意外と重大なことが起こっていたりして！　あはは！

＊

「僕のチームと、イルッカのチームの二つに分かれよう！」

ホラー映画において主人公の提案というのはたいてい受け入れられる。もし反対でもしようものなら、たちまち孤立して死亡フラグを立てることになるだろう。

しかしそれは時と場合による。俺は今、ほぼ全滅が確定したチームに割り振られたのだ。反対しないほうがおかしいだろ。

「待ってくれ。俺はチームを率いる自信がない。だから別のヤツをリーダーにしてくれ」

クライヴは首を横に振った。そして太陽のような笑顔で言った。

「ここに来るまでにアルメーヌが言ったんだ。何かあったらイルッカさんを頼れって。だから僕は大事なチームをあなたに託したい！」

あの化け物め。なかなか悪知恵は働くようだ。すでに先手を取っていた、ということか。

「ここはアルメーヌちゃんを信じましょう！　そしてみんなを信じるの！　私たちなら絶対にアルメーヌちゃんを見つけて、洞窟を抜けられるってね！」

ヒロインは主人公にとっての拡声器みたいなものだからな。もはやこうなってしまっては、俺の意見など通るはずもない。

ああ、まいったな。こりゃ、本格的にまずいことになったぞ。

俺のチームに割り振られたのは俺を除くと八人。アニメで生き残ることができたのはこの中でたった一人。

しかも生き残るのは、ヒロインのナタリアなんだよな……。

*

ちなみにアニメでは主人公と別のチームになった後のナタリアの様子は描かれていない。主人公視点で描かれ、緊張状態で出口までたどり着いたところでヒロインとアルメーヌの二人と合流する。主人公が再会を喜ぶ中、彼女の口から「全員死んだ」と衝撃的な事実を聞かされるのだ。

あのシーンはさすがのミカもゾッとしていたな。俺にいたってはナタリアこそが化け物なんじゃないかって疑ったっけ。いわゆるミスリードだが、見事に引っ掛かってしまったというわけだ。

ではアニメで描かれなかったナタリア側の様子はどうだったのか、というと……。

「あーあ、たるいなぁ。なんで私がこんなむさっ苦しい男どもと一緒じゃなきゃいけないのよぉ」

さっそくナタリアが本性を現していた。

情熱的で仲間想いの彼女の豹変《ひょうへん》に、他のメンツはついていけていないようだ。

みな黙ったままチラチラと彼女の様子をうかがっている。

「なんだぁ？　その目は⁉　言いたいことがあるならはっきり言いなさいよ！」

鋭く尖《とが》った口調に誰も何も言えない。

アニメで彼女のことをよく知っている俺だけは特に驚きもせずに、黙って集団の中に身を潜めていた。

……とその時だった。

「あ！　あそこに誰かいるぞ！」

仲間の一人が指さした先にいたのは、なんとアルメーヌではないか。一斉にみんなが彼女のもとへ走りだす。

「無事だったのか⁉」

「ケガはないか？」

口々に心配する声がかけられる中、一人だけ違った言葉をかけたヤツがいた。

「んで。化け物はどんなだった？」

ナタリアだ。

アルメーヌはビクッと肩を震わせると、顔を青くした。いかにも「思い出したくないの……」と言わんばかりだ。しかしナタリアは容赦なく詰め寄った。

「あんたさらわれたんでしょ？　だったら顔くらいは見てるわよね？　暗いから見えなかったとか言い訳したらタダじゃおかないわよ。こっちは二人も死んでるんだからね。二人も。さあ、はきなさい。化け物はどんなヤツだったの？」

ここで「それ、私です。てへ」とアルメーヌが自分から名乗り出たら面白いんだが、まさかそんな馬鹿なことはしないだろう。さて、どう答えるのか、とくと拝見しよう。

「あ、それ私です。てへ」

「…………」

「…………」

「…………」

「はああああああ⁉」

まじか⁉　まじか⁉　まじかああああ⁉

じ、じ、自分で名乗りやがった！

■法則その9　『怪物が突然目の前に現れた時、真っ先に逃げようとした人』は殺される

――ねえ、お兄ちゃん！　知ってる⁉

怪物が突然目の前に現れた時、真っ先に逃げようとした人って、真っ先に殺されるんだよ！

ほらね！　言った通りでしょ！

＊

「もう隠しておくのめんどくさいから、バラしちゃった！」

さすがのナタリアも口をポカンと開けたまま固まってしまっている。

「ふふふ。さっきまで威勢がよかったのに、どうしちゃったのかなぁ」

アルメーヌがナタリアのあごに指をすべらせる。

『化け物の少女VS性悪女』の構図は、はたで見る分にはなんてワクワクするんだろう。

いいぞ、もっとやれー。

するとようやく気を取り直したナタリアは強がった。

「あんた……。これだけの人数を前にしてずいぶんと余裕なように見えるけど、私の気のせいかしら？」

確かにこっちは『俺を除いて』八人。

(俺は化け物を相手にするつもりはありません)

しかも全員、武器を手にしている。普通の人間であれば怯《ひる》むに違いない。

普通の人間ならば、な……。

「なら試してみる？」

アルメーヌが無邪気な笑顔を全員に振りまいた。しかし目は笑っていない。あからさまな挑発だ。当然この挑発に乗れば『死亡フラグ』を立てることになる。だが誰も一歩たりとも動こうとしなかった。

そりゃそうだよな。落ちぶれたとはいえ、『龍殺し』の異名を持つペートルスを一撃で葬り去ったことをクライヴから聞かされていたのだから……。

「なぁんだ。つまんないの。今のでみーんな殺せると思ったのにー」

アルメーヌがぷくりと頬を膨らませる。

なるほどな。

やはり彼女は死亡フラグを立てさせようとしていたわけか。逆に言えば死亡フラグが立っている者でないと殺せない。考えようによってはこれでよかったのかもしれないぞ。どこで監視されているのか分からないよりは、目の前にいてくれたほうが相手の動きが見やすいからな。

そんな風に考えを巡らせていると、いつの間にかアルメーヌが俺の目の前に立っていた。

「それにしてもおじさんは運が良いよねー。なかなか殺させてくれないんだもの」

大きな瞳をクリクリさせて顔を覗《のぞ》き込《こ》んでくる。

ああ、完全にロックオンってわけか。こうなったら逃げられそうにない。

だが大丈夫だ。とにかく死亡フラグを立てさえしなきゃいい。

それよりも気になっていることを確認するにはちょうどいい機会だ。

「運がいいかどうかは分からねえが、そう簡単に死にたくはねえな。ところでなんで俺をそんなに殺したいんだ?」

「ええー！　だっておじさんみたいな冴えないモブ男に永遠の愛を誓いたくないじゃーん！」

こいつ、あっさりと暴露しやがった。

「永遠の愛ですって⁉」

ナタリアが食いついてくる。アルメーヌはナタリアを横目に見ながら続けた。

「あなたたちの中から最後まで生き残った人間が私と永遠の愛を誓えるの！　古《いにし》えからのヴァンパイアの儀式よ。素敵だと思わない？」

「はぁ？　素敵だぁ？　んなわけないでしょ！　あんたみたいな化け物に愛を誓うとか……。馬鹿も休み休み言いなさいっつーの！」

いいぞー。もっとやれー。

「あはは！　心配しなくても大丈夫よ！　おねえちゃんも殺すから」

うわぁっ。直接的すぎるだろ。もしこれが現代の日本だったら脅迫で逮捕されちゃうぞ。

いや、美少女だから許されるかもしれないな。むしろご褒美か。

「ふふふ……。そう上手くいくかしら？　もしあんたが本気で私たちを殺そうとしてるなら、こんな無駄口を叩いてないですぐに殺しているはず。きっとあなたには今の私たちを殺せない理由があるに違いないわ」

やはり計算高い女は頭がよく回る。アルメーヌの眉がピクリと動いた。

いっそのこと俺もここで暴露しちまうかな。こいつは死亡フラグが立ってる奴しか殺せないんだぞーって。

いや、待てよ。確かミカがこう言ってたよな。

『犯人の正体や秘密をバラそうとした人って、絶対に死ぬんだよ！』って。

うん、やめておこう。

……と、その時だった。


『幼女靴下フェチ』のジャスリーがソロリソロリとその場を離れようとしていたのだ。アルメーヌの視界に入らないようにしている。

逃げ出すつもりだな。やめておいたほうがいいのに……。


——怪物が突然目の前に現れた時、真っ先に逃げようとした人って、真っ先に殺されるんだよ！


ミカの言葉が脳内に響き渡る。ジャスリーには世話になったが、ここで助けてやる義理はない。

そもそもあいつはイルッカの妹の靴下も盗んだことがあるらしいからな。裸足《はだし》で過ごさなくちゃならなくなった妹の姿を想像しただけで涙が出てくる。なのにベラベラと靴下愛を語るくらいだから反省なんてしてないに違いない。

妹を悲しませた罪をその命で償うといい。

「確かにあるよー。殺せない理由。でも大切なのはそっちじゃないんだよねー」

「どういう意味よ？」

アルメーヌとナタリアが言い合いを続けているうちに、一歩、二歩と離れていくジャスリー。きっと彼の心の中では「上手くいきそうだ！」と興奮に包まれているのだろう。しかし、もうあんたの頭の上には立っちまってるんだよ。

漆黒の死亡フラグが……。


「ふふふ……。じゃあ、教えてあげる」

アルメーヌの雰囲気がガラリと変わった。目が赤く光り、口が大きく裂ける。右手には巨大な鎌が握られた。彼女の豹変にナタリアが「ひっ！」と短く叫んでしりもちをつく。

「真っ黒な旗……。みぃつけたっ」

アルメーヌはふわりとバク転しながら浮き上がると、ジャスリーのほうへ飛んでいった。

「ひ、ひぃぃぃぃ！　こっちくんな！」

ジャスリーが慌てて駆け足になる。しかし逃げきれるわけないんだよな。ここは『死亡フラグを立てたら、絶対に死ぬ世界』なんだから――。

「ぎゃあああああ!!」

暗闇の奥でジャスリーの断末魔の叫び声が聞こえてきた。そうして返り血で全身を真っ赤に染めたアルメーヌが、ゆらりゆらりと体を揺らしながらこちらへ歩いてきたのである。驚くべきことに、服や体に浴びた血が彼女の口の中へ吸い込まれていく。

「ひぃぃ！」

「ヴァンパイアだ！　本物のヴァンパイアだぁ！」

メンバーたちの間から悲鳴があがる。ここは同調しておかないと不自然だよな。

「ああー。ちょーこわーい」

俺は昔から演技が苦手なんだよ。だからセリフを棒読みにするお遊戯会の園児のような調子になってしまったじゃないか……。

「なにそれ？　あんたふざけてるの？」

ナタリアはあからさまに怪しんでいるが、肝心のアルメーヌが気にする素振りすら見せていないから、まあよしとしておこう。

彼女はニタリと笑みを浮かべながら弾むような調子で言ったのだった。

「ふふふ。これで分かったでしょ？　大事なのは殺せない理由じゃなくて、『殺していい理由』なのよ」

こうして俺たちは化け物と共に先を進むことになった。

アニメも映画も画面に映っていないところで、すげーことが起こってるものなんだな。

俺はまた一つ賢くなった気がした。

■法則その10　一人でトイレなんて行ったらアウト

——ねえ、お兄ちゃん！　知ってる⁉

怪物が近くにいる時は集団で行動しなきゃダメよ！　間違っても一人でトイレなんて行ったらアウトだからね！

＊

洞窟内はやたら広い。しばらく歩いたところで休憩することになった。各々好きな場所に座ったが、誰も何もしゃべろうとしない。そりゃあ、そうだよな。仲間を三人も殺した化け物が目の前にいるのだ。おどけるヤツがいたら、むしろ表彰してやりたい。

だがちょっとだけ気になるのは、ナタリアとアルメーヌが二人きりで何やらコソコソと話していることだ。性悪女同士で良からぬことでも企《たくら》むつもりか？

こっそりと様子をうかがっていると、アルメーヌがちらりと俺のほうを見てきた。

「げっ！」

慌てて目をそらしたが、後の祭りだ。てくてくと俺に近寄ってきた彼女は、軽い調子で俺に話しかけてきた。

「ねえ、死にたい？　そろそろ死にたくなってきたでしょ？　あはは」

死にたいわけないだろ。そろそろっていう意味が分からん。

それになぜ俺に話しかけてくるんだ？　もっと他にいるだろ！　他に！

ちらりと他の仲間たちを見ると、みな一斉に視線をそらした。

あいつら、「俺は関係ない」を決め込んでやがるな。薄情なやつらめ。

「いや、生きたい」

「えぇーっ！　全然面白くなーい！　そこは男らしく『死にたいです！』でしょー！」

「面白くなくてけっこう。だから話しかけてくんな」

しっしと追い払うと、アルメーヌはべぇと舌を出しながらどこかへ行ってくれた。

どうやらナタリアのそばへ行ったようだ。再び二人でひそひそ話をしている。

ナタリアはアニメのヒロイン。ライバルになりそうな女は最初に抹殺しておくつもりかもしれないが、ヒロインは主人公とタメを張るくらいにタフだ。いくらアルメーヌといえども、そう簡単には命を奪えないだろう。まさかそれを知っていて二人で結託するつもりなのだろうか。

まあ、何はともあれアルメーヌが近くにいなければ、ようやく一息つけそうだ。

そこで俺は暇そうにしている男の横に腰を下ろした。たとえわずかな時間でも孤立するのはよくないからな。

「よう。お前さんは確か……」

「バーゼルだ」

設定資料集によればバーゼルは酒癖が悪い。ある日、酒場で大暴れして店をめちゃくちゃにしてしまったことがあったらしい。クマのような大きなガタイの持ち主だから、こんなやつが大暴れしたら止めようがない。今は反省して禁酒しているとのことだ。

「そういえば、妹さんの件……。すまなかったな」

バーゼルがバツが悪そうに謝ってきた。しかし俺には何のことだか分からない。イルッカの妹とこの男の関係なんて設定資料集には書かれていなかったぞ。

「何のことだ？」

「え、ほら……。俺が店で暴れた時に、たまたま店の横を通り過ぎた妹さんの手に割れた窓ガラスの破片が飛んでいったことだよ」

「ほう……」

「手の甲に傷が残ったって聞いてな。いや、本当にすまないと思ってる」

妹の手に傷を残しただと……!? なんて野郎だ！

思わずカッとなって殴り飛ばしたい気分にかられた。だが、ここで喧嘩《けんか》でも始めようものなら、それこそ死亡フラグを立ててくださいと言っているようなものだ。ここはグッとこらえて我慢するしかない。

「……まあ、すぎたことだ。気にするなよ」

「そうか。そう言ってもらえると救われたぜ。お前、案外いいヤツだな。ああ、なんか肩の力が抜けたら、急に喉が渇いてきた」

バーゼルがカバンから水筒を取り出して、ぐびぐびっと何かを飲んでいる。においからして酒ではなさそうだ。そして彼はその水筒を俺に突き出してきた。

「なあ、俺たち義兄弟にならないか？　これが契りの盃《さかずき》ってやつだ。ははは！」

何言ってるんだ？　こいつは。

妹に一生残る傷を負わせた男と義兄弟になるなんてありえないだろ。

「いや、そういうのは無事に町に戻ってからにしようや」

「そ、そうだな。じゃあ、喉が渇いてるだろ？　こいつを飲んでくれ。ほれ、遠慮するな」

残念だが、おっさんと間接キスをする趣味などない。

「いや、それも今はいい」

「そうか……」

「ならこれはどう？」

ぬっと俺たちの間から手が伸びてきたかと思うと、銀色のスキットルが現れた。その口からはプーンと酒のにおいが漂っている。

誰だ⁉　こんな時に酒を出してきた不届き者は⁉

俺はスキットルの持ち主に視線を向けた。

「げっ！　アルメーヌ」

「あはは！　これからみんなで仲良くしようってことで、特別にお酒でもどうかしら？」

「おい、ちょっと待て。なんでちびっこのお前が酒なんて持ってるんだよ。しかも上等そうなやつじゃねえか」

「あはは。ペートルスおじさんの荷物をあさってたら見つけたの！」

まじか、こいつ……。

有無を言わさず殺した上に、荷物を盗むなんて……。完全に鬼畜だぞ。

「ん？　なに？　なんか文句あるの？」

くりくりした目でこっち見んな。

文句なんて言おうものなら、たちまち死亡フラグ確定じゃねえか。とりあえずこれは罠《わな》だ。何を考えているんだか分からないが、差し出された酒を飲んだらダメだ。

俺が無視していると、意外なところから声が聞こえてきた。

「お、お、おう……」

バーゼルだ。禁酒したらしいが無類の酒好きなのは直っていないようだ。しかし彼の理性も「やめておけ」と警告しているのだろう。プルプルと震えながら我慢している。だがどう見ても、強烈な酒のにおいにノックアウト寸前にしか思えない。

「一口だけならいいじゃない⁉　今日は特別なんだから！」

「一口だけ……。今日は特別……」

あーあ、それは禁酒している人にはタブーだ。アルメーヌのやつ、それを知っていてあおったな。まったく性格の悪い少女だ。そしてついにバーゼルは本能に負けてしまった。

――パシッ！　グビッグビッグビッ！

「プッハァァァ！」

「あはは！　バーゼルおじさんはとってもいい飲みっぷりだね！」

「ははは！　酒には自信があるんだ！」

「あはは！　実はもう一本あるの！」

「おっ！　いいねぇ！」

まだ死亡フラグは立ってはいない。だが獲物を品定めする蛇のようなアルメーヌの視線からして、バーゼルの運命は一つしかないんだよな。

「うぃっ。ひっく」

「ん？　どうしたの？　バーゼルおじさん」

「ああ、ちょっと用を足しに行ってくるわ」

あれだけガブガブと酒をあおれば、もよおすのは仕方ない。だが、それこそが彼の命取りになるなんて……。


——間違っても一人でトイレなんて行ったらアウトだからね！


立ち上がると同時に、彼の頭上に漆黒の旗がはためく。それを見たアルメーヌがニタリと不気味な笑みを浮かべた。

「しっかし、アルメーヌちゃんは可愛《かわい》いなぁ。こんな女の子だったら俺が永遠の愛を誓ってもいいぜ！　ははは！」

残念ながらそれは無理だ。なぜならお前はもうすぐ殺されるんだから。それにアルメーヌも「うげぇ。それだけは勘弁」って気持ち悪がっている。どうやら彼女は好みじゃない野郎から殺しているようだ。だから俺ばかりを狙ってきているってことか。冴えない男が裏目に出るとはな。

「じゃあ、行ってくるぜぇ！　ははは！」

バーゼルが一人で洞窟の奥へと消えていく中、アルメーヌがチラリと俺を見てきた。もし俺がバーゼルに「一人で行くのはやめておいたほうがいい」とアドバイスしてやれば、彼の死亡フラグは折れるかもしれない。

きっと彼女はなぜそうしないのか、俺に問いかけているつもりだろう。だが俺は首を横に振った。何も言うつもりはない、というサインだ。

「意外と薄情なのね」

ボソッと言われたが、気にしたら負けだ。

よく考えてみろ。相手は酔った勢いで大暴れした前歴のある人間なんだぜ。しかも片手には鋭利な刃物を持っている。変に止めようものなら、そのスイッチが入ってしまわないとも限らない。そうなれば俺の頭上には死亡フラグが立つだろう。つまり命を奪ってくるのは化け物だけではない、ということだ。

「薄情に思われてもかまわないさ。俺は死にたくないんだ」

俺の答えが終わらないうちに彼女はバーゼルの背中を追いかけて消えていったのだった——。

これで四人目か。

あと十五人で俺は『約束』を果たすことができるんだ……。

■法則その11 『うまい話』は十中八九フェイク

――ねえ、お兄ちゃん！　知ってる⁉

ホラー映画で『うまい話』は十中八九フェイクだからね！　それを信じちゃった人は死んじゃうんだよ！　ほらね！

＊

バーゼルが殺された。これで俺たちのチームは残り七人だ。果たしてこのうち何人が無事に洞窟を出られることやら……。

しかし今言えることは、現時点でもっとも『死』に近い人物は俺、イルッカだということだ。なぜなら俺は背後にいる人物からすさまじい殺気を向けられているのだから……。

「ちょっと！　こっち見てないでしょうね‼　ちょっとでも振り返ったらぶっ殺すわよ！」

その人物とはナタリアだ。俺の背中に彼女の金切り声が突き刺さった。

「見るわけねえだろ。俺は命が惜しいんだ」

今は二回目の休憩時間。

――トイレに一人で行くのはやめよう！

ナタリアの提案でそうなったわけだが、誰も彼女と一緒に行きたがらない。そこでなぜか俺が強引に連れ出されたわけだ。誰が好き好んで性悪女の恥ずかしい恰好《かっこう》なんて見るものか。そんなことをしたら躊躇《ちゅうちょ》なく彼女は俺を刺し殺すだろう。

「おい、まだ終わんないのかよ？」

「なっ！　あんたレディに向かってなんてこと言うのよ‼　ぶっ殺すわよ‼」

「へいへい、すみませんでした」

なにがレディだ。本物のレディはそんな汚い言葉を使わないっつーの。

「お待たせ！」

「じゃあ戻るぞ」

「ちょっと！　こういう時は、『全然待ってないさ』って言うのがジェントルマンのたしなみでしょ！　これだから冴えないおっさんは嫌いなのよ。ちょっとはクライヴを見習いなさいよね」

「へいへい、すみませんでした」

「あと、あれよ！　これは内緒だからね！」

「はあ？　誰に何を内緒にしなきゃなんねえんだよ」

「ば、ばか‼　クライヴに決まってるでしょ！　私がトイレじゃないところで用を足したこと‼」

ああ、めんどくせーな。

だがそれを顔に出そうものなら逆上しかねないからな。あくまで無表情にモブ男を貫くだけだ。

「ねえ、そういえば知ってる？　化け物の呪いから身を守る方法があるって噂《うわさ》」

この展開はまさか……。


――ホラー映画で『うまい話』は十中八九フェイクだからね！　それを信じちゃった人は死んじゃうんだよ！


だがナタリアに死亡フラグは立っていない。じゃあ、もう少し深く聞いてみるか。

「どういう噂だ？」

「ふふふ……」

ナタリアは右手の親指と人差し指で円を作っている。

この女……。今の状況で情報料をせびるつもりか。

まあ、いい。金なんて必要ないから、いくらでもくれてやる。

俺はカバンから金貨を取り出した。それをひったくったナタリアは声を低くして続けた。

「この洞窟でしかとれない『金のリンゴ』をまるまる一つ食べた人は、いかなるヴァンパイアの呪いにも耐えられる、って伝承なの」

「金のリンゴだぁ？　リンゴの木が洞窟に生えるわけねえだろ」

「ふふふ。信じられないなら信じなきゃいいわ。私だって本当に『金のリンゴ』がこの洞窟にあるなんて、にわかに信じられないもの。あ、でも金貨は返さないわよ」

ナタリアは計算高い女だから、実際にモノを見ないことには信じないに決まっている。だからまだ彼女の頭上には死亡フラグが立っていないということか。

「そうだな。俺も信じられん。『金のリンゴ』なんて見たことねえしな」

そう口では言ったものの、俺は確信していた。『金のリンゴ』は絶対に見つかる、と。

*

それは俺の推測通りだった。洞窟内で見つけた違和感だらけの小部屋。その小部屋にポツンとある机の上に『金のリンゴ』が一つだけ置かれていたのだ。

アルメーヌを除く全員の目の色が変わった。つまり全員が『金のリンゴ』の噂を知ってるってことか。そしてその噂の出どころはナタリアだろう。

「あっ！　あれは金のリンゴじゃない⁉　でも一つしかないわね……。つまりヴァンパイアの呪いに耐えられるのはたったひとりだけってこと……」

口火を切ったのはナタリアだった。次の瞬間、小さな部屋の中に男たちが殺到した。あっという間に部屋の外には俺とナタリア、そしてアルメーヌの三人だけになる。

――ホラー映画で『うまい話』は十中八九フェイクだからね！　それを信じちゃった人は死んじゃうんだよ！

ミカの言葉が脳内で何度もリフレインしていた。


「離せ！　こいつは俺のもんだ！」

「うるせえ‼　俺が最初に見つけたんだ！」

「これは俺が食うんだ！」

一歩引いて見ている分には実に滑稽な光景だが、本人たちはいたって本気だ。ついに彼らは互いに武器を向け始めた。

「おい、おい……。てめえら。本気でやるつもりか？」

「や、や、やめろよ！　みんな！　こんなことして何になるんだよ！」

「そう言うお前こそ武器をおろせよ！」

気づけば部屋の中の全員に死亡フラグが立っている。ちらりと横を見ると、ナタリアとアルメーヌがニタニタしながら彼らの様子を眺めていた。

なるほどな……。つまりそういうことか。

ナタリアとアルメーヌはつながっている——。

「あはは！　おじさんは行かなくていいの？　金のリンゴだよ！」

白々しくアルメーヌが声をかけてくる。ここで俺に与えられた選択肢は三つだ。

（1）金のリンゴの争奪戦に加わる
（2）アルメーヌとナタリアの仕掛けた罠であることを暴露して仲間割れを止める
（3）そっと部屋の扉を閉める

……考えるまでもないな。

——バタンッ。

俺は静かに扉を閉めた。次の瞬間から男たちの叫び声と怒号が響きだす。つまり『フェイクのリンゴ』を巡って凄惨な殺し合いが始まったということだ。

仮に最後の一人まで残ったとしても、死亡フラグは消えないだろう。そして止《とど》めをさすのはアルメーヌってことだ。

そばに寄ってきたナタリアが耳元でささやいた。

「意外と薄情者なのね」

それをお前が言うな。……と口に出すこともなく、アルメーヌが部屋に入ってから戻ってくるまで、俺は無表情のまま扉の前で立っていたのだった。

これで死者は九人。生き残っているのは俺を含めて十一人か……。

それよりも今は自分の心配をしなきゃいけないな。

「さあ、そろそろ行きましょうか？」

「あれぇ？　おねえちゃんは金のリンゴはいらないの？」

「ふふ。私は根も葉もない噂を信じるような馬鹿な女ではないの」

「あはは！　そっか！　じゃあ、先を進もう。……邪魔者はあと一人だしね」

「ふふ。そうね、あと一人ね」

ああ、すでに生きた心地はしねえな。こいつら二人と先を行かなくちゃいけないんだから……。

■法則その12　生き延びる意味を持つこと

ところで俺はなぜこの世界で生き延びたいと思っているのだろうか。もしこの世界で死ねば、元の世界に戻れるかもしれないのに……。

今さら？

と自分でも思う。でも心の中で燃えるような『生』への欲望には理由があるはずなんだ。俺はそれをずっと思い出せないでいた。

*

「クライヴ!!」

「ナタリアか!!　それにアルメーヌも！　無事でよかった！」

「うん……。でも……」

「どうした？　あれ？　他のメンバーは？」

「……死んだ」

「え……？」

「だからみんな死んじゃったのよぉ！　うわあああああん‼」

「ふえええええん！　おにいちゃぁん！　怖かったよぉ！」

「ナタリア！　アルメーヌ！　大丈夫、大丈夫だから！　君たちのことは僕が守るから！」

「うわあああん！」

おいおい、ちょっと待て。

『みんな死んじゃった』というのは語弊があるぞ。だって俺、イルッカはこうしてピンピンしてるんだから。

ナタリアが俺をちらりと見てくる。

――余計なことを言ったら、ぶっ殺すわよ。

口に出さなくても脅しているのは明らかだ。俺は答える代わりに首をすくめた。

――安心しな。何も言わねえよ。

当たり前だ。ここまで化け物二人と俺という三人のパーティーだったのだ。一ミリでも間違えればたちまち殺されちまう状況からようやく脱することができるんだぜ。あえて自分の身を危険にさらしてまで、ナタリアやアルメーヌを追い込もうとは思わない。

もっと言えば、そんなことをしたら死亡フラグが容赦なく俺の頭上に立つだろうしな。ここからは『冴えないモブ男』に戻らせてもらうさ。もっともいつかはナタリアやクライヴとも決着をつけなくちゃならないんだがな……。それまでは骨休めのつもりで大人しくしてるつもりだ。

「イルッカさん、どうしてこんなことになったのか聞かせてくれないかな?」

「さあな、こっちが聞きたいくらいだ。洞窟の中をひとかたまりになって歩いていたら、一人また一人と仲間たちが消えていくんだぜ。俺だってナタリアたちみたいに大泣きしてえくらい怖かったんだからよ」

「そうでしたか……」

当たり障りない言いぐさでその場をやり過ごす。そして俺は静かに他のメンバーの中へと身を潜めたのだった。

*

洞窟を抜けてしまえば目的地である『黒い森』まではすぐだ。アニメでもその道中はカットされ、死者は誰も出なかった。しかしメンバーたちの緊張と疲労が洞窟に到着する前の比ではなかったのは、彼らの汗だくの顔を見ればすぐに分かる。季節は夏。照りつける太陽の日差しは強い。しかし、洞窟に入る前の彼らの顔に汗は見られなかった。

そりゃあ洞窟の中でおよそ半分のメンバーが命を落としたと聞けば、生きた心地がしないのは当然だろう。緊張と恐怖が彼らの汗腺を大いに刺激しているのだ。

あと残ったメンバーが俺と距離を取り始めているのは気のせいではないはずだ。

それも当たり前か。もしメンバー内に『化け物』がひそんでいるとしたら、真っ先に疑われるのは俺なんだから。

「あれぇ？　今一人なのぉ？　もう少しみんなと離れてくれれば『黒い旗』が立ちそうなんだけどなぁ」

アルメーヌがハエのように俺の周りをちょこまかと跳ね回っている。ヤツは俺が完全に孤立するのを待っているのだ。

そうやすやすとこの命をくれてやるものか。……と言っても、他のモブキャラたちは俺とは目を合わせようとしないしな。こうなれば仕方ないか。

「なあ、クライヴ」

目立つのはよくないが、孤立するくらいなら主人公に話しかけるほうがマシだ。

隣にくっついていたヒロインのナタリアがギロリと睨《にら》みつけてきたが、気にしたら負けだ。彼女の本性に天然系主人公のクライヴが気づくはずもなく、屈託のない笑顔を俺に向けてきた。

「どうしたんだい？」

「いや、たいしたことじゃねえんだけどさ。クライヴは疑っていないのか？　俺のことを化け物じゃないかって」

「え？　僕がイルッカさんのことを？　どうして？」

「いや、ほら。みんな死んじまったチームの中で俺は生き残ったからさ」

クライヴは目を丸くしたが、それもつかの間、はにかんだ笑みを浮かべながら言った。

「僕がイルッカさんを疑うわけないじゃないですか」

「なんでだ？」

「そりゃあ……。いつか僕の兄さんになる人ですし……」

ガツンと脳天を殴られたかのような衝撃に眩暈《めまい》を覚える。

「なるほど……。そういうことだったのか」


モブキャラであるはずのイルッカ。その妹はアニメにも登場しない名もない人物だとばかり思っていた。しかし彼女に関する記述が設定資料集に多かったのが不思議でならなかった。それも主人公のクライヴの婚約者だったからか。今になってすごい事実を見落としていた自分のことがビックリだ。

同時に俺がなぜ生き延びたいと切望しているのか、ようやく自分でもはっきり理解した。

たった一人の家族である妹を町に残してきたからだ。もしここで自分が死んでしまったら彼女は天涯孤独になってしまう。俺の心に火がつき、思わず言葉が漏れてしまった。

「絶対に許さねえ……」

「え？　イルッカさん？」

俺の言葉に殺気がこもっていたのか、クライヴだけでなくナタリアまでもが顔を引きつらせている。俺は慌てて手を振った。

「すまねえ、すまねえ。いや、多くの仲間を殺した化け物のことを許せなくてな」

「あ、ああ。そ、そうだな」

「へへ。まあ、お前さんに疑われてないって分かって安心したぜ。ありがとな」

「いえ、こちらこそアルメーヌとナタリアを守ってくださってありがとうございました！　イルッカさんが一緒にいてくれるだけで心強いです！」

俺はニヤリと口角を上げて小さく頭を下げた後、彼に背を向けた。次の瞬間に笑顔は消え、みるみるうちに表情が険しくなっていく。そうさせたのは、アニメのエンディングが大いに関係していることは間違いない。

――ヴァンパイアの少女アルメーヌに永遠の愛を誓ったクライヴは、故郷の町へ戻って自分の婚約者セルマの生き血を吸って殺してしまう……。

つまり俺は決めたのさ。このくそったれ主人公から、自分の愛する妹、セルマの命を守るんだ、と――。

■法則その13　死亡フラグを立てた人の隣にいるだけでも危険

「このメンバーの中には化け物はいないと信じている。もし誰かが化け物だとしたらすぐに襲いかかってこない理由も分からないしね！」

俺に気を遣ったクライヴが声高に告げたことで、俺は孤立しないですんだ。

彼には感謝せねばならないが、妹を裏切るようなことをしたらタダじゃおかない。

実際にアニメでは妹を裏切っただけでなく、その命を奪うのだから、完全に敵だ。

だから俺の彼に対する警戒は弱まることはなかった。

何はともあれ、孤立しなければ『冴えないモブ男』の俺に死亡フラグが立つ要素はないからな。

難なく『黒い森』までたどり着いたわけだ。

アルメーヌが「ちっ」と舌打ちしているのが目に入ってくる。

そこで俺は声には出さずに「ざまぁみろ」と口元を動かして彼女に見せつけてやった。

「むむぅ！」

アルメーヌはスカート姿で地団駄を踏んでいる。とてもすがすがしい光景だが、あまりジロジロ見ていると他のメンバーに怪しまれてしまうかもしれない。

そこで俺は森のほうへ目を向けた。ずっと先に塔がそびえ立っているのが見える。

とそこに、

「あれが目的の古城か。なんか高価なもんが仰山ありそうだな」

隣に並んできた中年が声をかけてきた。実際に見えているのは、目的の古城の隣に建てられた監獄塔なのだが、ここで細かいことを指摘しても意味がない。

「ああ、そうかもな」

「がはは！　お前もそう思うか！」

声からしてがめつそうな男だ。誰なのかを確かめるために、ちらりと彼の横顔を見た。確か……彼の名はグレンだったか。俺は引き続き彼の頭上に目をやった。

「ん？　どうした？　俺の頭に何かついているか？」

「いや、なんでもない」

グレンが不思議そうにしている一方で、俺はほっと胸をなでおろした。なぜならまだ彼の頭上には死亡フラグが立っていなかったからだ。なにせ背後で顔を真っ赤にしながら地団駄を踏む化け物の少女は、平気な顔してこう言うからな。

――黒い旗を立てた人の隣に立ってるだけで黒い旗が立つんだよ。

ってな……。理不尽にもほどがあるだろ。

ちなみにアニメで次に死亡フラグを立てるのはグレンだ。そんなことなどつゆ知らず、グレンはよく肥えた腹を抱えて大笑いした。

「あの古城には財宝が眠ってる！　俺の勘はよく当たるから間違いないさ。それを元手にして一緒に商売をやろう！　なっ？　いいだろ？　俺についてくれば一攫千金《いっかくせんきん》は間違いないからさ！　がははは！」

ちなみに彼は商売に失敗した上に、身寄りのない従業員たちを養子にした上で、保険金をかけて殺害した鬼畜だ。性懲りもなくまた同じことを繰り返そうとしているらしい。

せいぜいあの世で商売でもやるんだな。……と、その前に一つイベントがあったな。すっかり忘れてた。ふと前方に注意を向けるとクライヴの悲痛な声が聞こえてきた。

「アルメーヌ！　本当にこんなところで君は町に帰るというのかい？」

「うん。だって誰かが長老様たちに今の状況を伝えなくちゃならないんでしょ？」

「ああ、しかし……」

「だったら私が行ってくる！　それに私の役目は『黒い森』までの案内だもの」

そうそう。アルメーヌがここで離脱するのだ。

よくよく考えたら化け物が襲ってきた洞窟を通らなきゃならない道のりを、少女一人で帰すというのは無理があるだろ。だがそんな真っ当な理屈を考えているほどの余裕がここのメンバーにあるはずもない。なにせいつ背後から化け物が襲ってくるとも知れないんだからな。誰かが町に戻って、長老たちへ増援を頼みにいくというのはごく自然な成り行きというものだ。

しかし言うまでもないが彼女が町に戻るなんて真っ赤なウソだ。

真実は俺たちの後ろをつけ狙い、死亡フラグを立てた者を容赦なく死へ追いやる。そのためのカモフラージュにすぎないのだ。そしてナタリアだけはそれを知っているというわけだ。

しかし、

「アルメーヌちゃん！　危なくなったらすぐにこっちへ戻ってくるのよ！」

ナタリアは涙を流しながらアルメーヌの小さな手を握った。アルメーヌもまた涙を流している。

「お姉ちゃん！　私……怖い……。でも頑張るから！」

美女と美少女のやり取りに誰もが目頭を熱くしているが、当然俺は違った。よくまあ目薬もないのに嘘泣《うそな》きができるもんだ。あきれを通り越して感心してしまう。

「じゃあね！　お兄ちゃん！　お姉ちゃん！　助けを呼んだら必ず戻ってくるから！　それまでは絶対に死なないでね！」

お前がそれを言うか。

みんなに向かってブンブンと手を振るアルメーヌ。俺も他の人々にならって手を振った。とにかく不自然な行為は即死亡フラグへつながるからな。

「アルメーヌ！　僕たちのことは心配しないで！　イルッカさんもいるし！」

おい、クライヴ。余計なことは言わないでいい。

「そう言われたらそうだったね！　でもおじさんが化け物かもしれないから気をつけてねー！」

あいつ！　なんてこと言いやがる！

みんなの俺を見る目がどことなく冷たくなったじゃないか！

「じゃあ、バイバイ‼」

アルメーヌはくるりと俺たちに背を向けて立ち去っていった。

もしこの手にアルヴァンの銃があればヤツの背中をぶち抜いてやりたいが、不死のヴァンパイアだから無駄か。むしろ化け物に引き金を引いた愚か者として、頭上に死亡フラグを立てることになるだろうな。

「では僕たちも行こう！」

クライヴの一声で俺たちは視線を森に向けた。俺を含めて生き残っているのは十一人。アニメでは古城にたどり着けるのはわずか五人だった。

当然俺は生き残ると心に決めている。たとえどんな手を使ってでも……。

■法則その14　『戦いが終わったら故郷に帰って結婚するんだ』とか未来を語った人は殺される

白い壁に囲まれた部屋に一人でいる妹のミカ。俺が彼女を訪ねるといつも興奮気味に『死亡フラグ』について語るんだ。


——ねえ、お兄ちゃん！　知ってる⁉

戦場で『戦いが終わったら故郷に帰って結婚するんだ』とか未来を語った人って、たいてい死んじゃうんだよ！　ほらね！

＊

黒い森に入ってからすぐのことだ。

「ねえ、ところでイルッカは化け物との戦いが終わったら何をするつもりなの？」

ナタリアが何食わぬ顔でたずねてきた。普通に考えれば、さらりと答えても何ら問題なさそうに思える。しかしこれはトラップだと俺は知っている。

戦場で『未来のことを語る』のはご法度であることを、ミカが教えてくれたからな。

だからまともに答えれば死亡フラグが俺の頭上にはためくのは間違いない。

きっとアルメーヌと別れの握手をしている時に、こっそりと『死亡フラグを立てるための質問リスト』が書かれたメモでも受け取ったんだろう。あいつめ。何がなんでも俺を殺したいらしい。

「なによ！　もったいぶらずに教えてよ！　それとも答えられない理由でもあるのかしら？」

ナタリアが鋭い視線を向けてくる。彼女の強い口調に周囲の人々の視線も俺に向いてきた。

こうなったらもう逃げられない。

さて、どうしたものか……。考えられる選択肢は二つか。

（1）何も答えないで無視を貫く

（2）適当にごまかす

まずは（1）だが、確かに無視をすればこの場はしのげるかもしれない。だがメンバーたちからますます怪しまれてしまうのは目に見えている。『何を考えているか分からない不気味な男』はホラー映画ではありがちだが、たいていは『実はいい人で、主人公とヒロインを助けるために自ら犠牲となって死んでいく』というのがテンプレだ。それでは遠まわしに死亡フラグを立ててください、と言っているのと同じになってしまう。

……となると（2）か。

嘘をつくのは趣味じゃないが、そうも言っていられない。まさか「クライヴが妹を殺すのを止めるつもりだ」なんて答えられるはずもないしな。そこで俺はゆっくりとした口調で言った。

「未来のことなんて考える余裕なんかねえよ。今は姿の見えぬ化け物をどうやって退治するか。それだけで頭がいっぱいだ」

まるでどこかの政治家のような当たり障りのない答弁に、自分でも感心半分、あきれ半分といったところだ。一方のナタリアはあからさまにイラッとした顔をしている。

だがここで話を切ってはならない。彼女がさらに質問攻めにしてくるのは火を見るより明らかだからだ。

ならばどうするか。答えは単純で、

『同じ質問を別の誰かに振る』

ということだ。もっともこれはミカから教わったわけではなく、自分で身につけた処世術だ。というのも職場の飲み会になると、きまって俺は独身の女上司、松下《まつした》佳穂《かほ》から「彼女いないの？」とからまれるのだ。

そりゃあ上司は巨乳美女だから、肩に腕を回されたら大半の男が喜ぶだろう。しかし俺は『約束』を果たすことで頭がいっぱいで、女性にうつつを抜かしている場合ではない。だから彼女のからみは鬱陶しいだけなのである。そしてそんな時にいつも使う手が、『同じ質問を別の誰かに振る』というわけだ。

――中村はなんで彼女を作らないんだよぉ⁉

——今はあんまり興味ないんですよ。仕事に夢中ってやつです。自分でもつまらない男だって分かってるんですけどね。ところで田中《たなか》も彼女いなかったよな？　お前はどうして作らないんだ？

——え？　俺？

——ほう。田中も彼女ナシか。じゃあ、田中でいいや。

——田中でいいって、待ってくださいよ！　ちょっと顔近いです！　ひぃ！　ど、どこ触ってるんですか！

……てな具合だな。

しかし飲み会では女上司のからむ相手が俺から田中へ移るだけだが、ここではナタリアがからむ相手が変わるという簡単な話ではすまされない。なぜならその相手は『未来について語る』ことになるのだから……。

つまり『次に死亡フラグが立つ人間を俺が選ぶ』とも言えるだろう。だが俺は迷うことなく死亡フラグを立てたい相手に話を振った。

「ところでお前さんはどうなんだい？」

そう切り出して俺が目を合わせた相手……。

それはクライヴだった——。

「え？　僕ですか？」

ナタリアの顔が歪《ゆが》んだのは、こうなると予想していなかったからだろう。

「ちょっと！　クライヴのことは別にいいでしょ！」

「はぁ？　なんでだよ。ナタリアは知りたくないのか？　クライヴのこと」

クライヴが目を丸くしてナタリアを見た。ナタリアの顔がますます青くなる。

そりゃそうだろうな。俺の質問は『ナタリアはクライヴに興味がないのか？』と言っているのと同じなんだから。となれば彼女はこう答えるしかないだろうな。

「そ、そんなことないけど……」

やはりそうきたか。では間髪いれずに追い込んでやる。

「ならばクライヴに答えさせたくない理由があるってのか？」

「ぐっ……。それも……ないわ……」

さてと。これでナタリアは片付いた。あとはクライヴに矛先を向けるだけだ。

「なら聞こうじゃねえか。クライヴが化け物との戦いが終わった後にやりたいことを」

ナタリアが鬼のような形相で俺を睨みつけてきたがスルーする。

正直言って、今の時点でクライヴに恨みはない。むしろ色々と気にかけてくれて感謝している。

しかし未来の彼が取る選択をイルッカである俺が許すわけにはいかない。だからここで彼に死亡フラグを立てるしかないんだ。

「さあ、クライヴ。答えてくれよ」

もし彼がアルメーヌによって殺されたと伝われば、セルマは悲嘆にくれるだろう。しかしアニメの通りに進めば、信じていた婚約者が化け物に永遠の愛を誓った挙げ句、自分を殺しにやってくることになるのだ。そんな絶望を俺の妹に味わわせるわけにはいかない。

どんな手を使っても彼女を生かしてみせる！　それが俺がこの世界で生きる理由なんだ！


「さあ！」

俺は語気を強めた。

すると彼は頬を赤くして、はにかんだ笑みを浮かべた。

そして予想外の答えを口にしたのだった。

「……それは僕がここで言うまでもなく、イルッカさんが一番よくご存知でしょう？　意地悪だなぁ。もう……」

俺の頬がぴくぴくと引きつった。ナタリアの顔も先ほどまでとは別の意味で引きつる。一方のクライヴだけは恥じらいながらモジモジしていた。

そうだったな……。彼が口にするまでもない。この戦いが終わって彼が町に戻ってやることと言ったら、たった一つだ。

『イルッカの妹と結婚して、温かい家庭を築くこと』

「あはははは!!」

どこからともなく聞こえてきた女の高笑い。メンバーたちが慌てて身構える。

「何者だ!?」

「化け物か⁉　どこにいる‼　出てこい‼」

無駄だ。出てこられるはずがない。あの笑い声はアルメーヌに決まってるからな。

ヤツはしっかり分かってるんだ。俺がクライヴをはめようとして、彼が見事にそれを回避したのを……。

そこに割り込んできたのはグレンだった。

「なあ、それだったら俺の話を聞いてくれないか？　俺はこの戦いが終わったら町へ戻って商売をするんだ！　今度こそは成功してみせる！　だからみんなで一緒にやらないか？」

あーあ、自ら地雷を踏みにくるとは……。すぐに彼の頭上に死亡フラグが立つのが見えた。

なおもナタリアとクライヴ相手に商売の話を続けているグレンからそっと離れた。言うまでもなく、そばにいたら巻き込まれる可能性があるからだ。

「この戦いは俺たちの勝利で終わる！　そして町に帰った俺たちは成功すること間違いなし！　俺の勘はよく当たるんだ！　だから信じていいぞ！　ははは！」

残念ながら何一つ当たってないから、お前さんの勘は悪いと言わざるを得ないな。そんなことを口にするまでもなく、俺は冴えないモブ男に戻った。

そしてナタリアとクライヴがグレンから離れた瞬間のことだった。

——ゴボォォォン！

轟音と共に、グレンの叫び声が森に響き渡った。

「ぎゃあああああ‼」

メンバーたちが彼のもとに駆け寄るとそこには大きな穴があいており、彼はその中へと引きずり込まれていっているではないか。

「助けて！　助けてくれえええ‼」

アルメーヌのやつ……。またずいぶんと手の込んだことを……。

顔を真っ青にしている他のメンバーとは違う意味で、俺は目の前の光景を呆然《ぼうぜん》と見つめていたのだった。

■法則その15　『主人公の指示に従わなかった人』は殺される

——ねえ、お兄ちゃん！　知ってる⁉

ホラー映画で『主人公の指示に従わなかった人』って必ず殺されちゃうんだよ！　ほらね！

妹のミカは部屋で死亡フラグを研究している。その研究結果を披露する相手はいつも俺だ。

ではなぜ彼女が死亡フラグを研究しているのか。その理由も俺には分かっているんだ。

だから俺は……。

＊

グレンがまるで蟻地獄《ありじごく》にかかった蟻のように、大きな穴に引きずり込まれていく。

「グレン待ってろ‼」

「くっそ！　どうにか助けられないのか⁉」

メンバーたちはただ穴の周りで騒ぐより他なかった。そんな中で三人だけ冷静な者がいた。

「みんな！　危ないから穴のそばから離れて！」

「そうよ！　助けようとして巻き込まれたら元も子もないわ！」

クライヴとナタリアだ。彼らの指示にメンバーたちは、はっとした顔になって従った。

やはり自分の命が一番可愛いのは誰もが同じらしい。それでも彼らは声だけは張り上げているのだから滑稽なものだ。

「グレン！」

「グレンさん‼」

だが彼らの呼びかけなど何の意味もなさないのは、まさに穴の奥へと消えかかっているグレンが一番よく分かっているだろう。さらに言えば、彼には善良な人々をたぶらかして闇へと引きずり込んだ過去がある。だから一度ハマった落とし穴からは抜けられない苦しみを理解しているはずだ。

「ぎゃあああああ！　やだ！　やだ！　死にたくないんだあああああ‼」

ちなみに残る一人の冷静な人とは、言うまでもなく俺である。俺はあたふたする振りをしながら、できる限り安全な場所、つまりクライヴの近くの位置を確保し続けていた。どんな状況でも主人公のそばを離れなければ巻き込まれることはない。まるで背後霊のようにピタリと彼の背中に張り付いていたのだ。

そうしていよいよグレンの姿が穴の中へ消えようかというところで、クライヴが大声をあげた。

「みんな武器をかまえて！　化け物が穴から出てきたら迎撃するんだ！」

化け物がすぐそばにいるという状況にメンバーたちはかつてない恐慌に陥った。

だがこの状況は、俺にとっては追い風だ。これで化け物の正体が俺でないことが完全に証明できたからな。自然と張り上げる声も大きくなってしまうのは仕方ない。

「俺が弓で動きを封じる！　そこを全員で叩くんだ！」

あ、ちなみにイルッカは元剣闘士だけあって、得意な武器は短剣だ。もちろん大きなリュックの中にそれはある。しかし決して得意とは言えない弓を装備していたのは、主人公の陰に隠れながら攻撃できるからである。

「たすけ、て！　たすけ……」

穴の奥から聞こえるグレンの声は、メンバーたちを恐怖のどん底に落とすにはじゅうぶんな演出だったようだ。きっとアルメーヌの目的はこれだろう。

「もう嫌だ!!　俺はおりる!!」

どこからともなく声が上がると、みんなが口々に弱音を吐きだした。

「もう無理だ！　俺たちだけでどうにかなる相手じゃない」

「逃げよう！　この状況なら町のみんなも許してくれるさ！」

職場で上司の松下さんから「弱気は伝染する！　だから絶対に弱気になるな！」と檄《げき》を飛ばされたことがあったが、今になってようやくその意味が分かった気がする。

もはやグレンの最期のことなど誰も気にする素振りすら見せず、場はカオスと化していった。

「待て!!　今は離ればなれになってはダメだ！　みんなでひとかたまりになって行動するんだ！」

クライヴが必死になだめるが、焼け石に水だ。

「こんなところでひとかたまりになっていたら、みんなまとめてやられちまうだろうがよぉ！　俺は逃げる！」

「オスニエル！　行くな!!」

このオスニエルという男。かつて強盗殺人を起こした後、仲間を置き去りにして一人で逃げたところを捕まったという過去の持ち主だ。もう何年も前の話らしいが、逃げグセは消えていないようだな。彼は叫んだ。

「何を言ってるんだ！　化け物がグレンを食っている今こそ逃げるチャンスじゃねえか!!」

ああ、それは大きな勘違いだ。アルメーヌは化け物だがさすがに人は食わない。

あえて言えば血を吸うくらいで、肉は喰《く》らわないといったところか。

だからグレンを仕留めた後は、次に死亡フラグを立てるのは誰か、舌なめずりしながら様子をうかがっているに違いない。

――ダダッ!!

そんなことを考えているうちにオスニエルは来た道を戻り始めた。当然彼の頭上には真っ黒な旗が立っている。そして彼の姿が木々に隠れて見えなくなった瞬間。

「ぐああああ!!」

彼の断末魔の叫び声が耳をつんざいた。

どうやって作ったか分からない大きな穴の底にいたかと思えば、次の瞬間には木陰で人殺しか……。やりたい放題が許されるのは、ここがアニメの世界だからか？

だがそこを追及したところで、時間の無駄なのは分かりきっている。一気に二人が消えて残りは九人になった、この事実だけを受け止めればいい。余計なことを考えずに、これからもベストを尽くすだけだ。ミカの研究結果が正しいと信じて――。

■法則その16 『俺の命をかけて、みんなを守る！』ってセリフはタブー

――ねえ、お兄ちゃん！

戦場で『俺の命をかけて、みんなを守る！』ってセリフはタブーだよ！

本当に命をかけて仲間を守ることになっちゃうからね！

＊

二人の仲間が目の前で殺されて、もはや戦意喪失に陥ったメンバーたち。そんな中、主人公のクライヴが言葉を絞り出すように言った。

「もうこうなったら前に進むしかない」

進むも地獄、退《ひ》くも地獄、といった感じだな。しかし退いた瞬間に殺されちまうんだから、前に

進むしかない。

他のメンバーたちは渋々うなずく。それを見たナタリアが緊迫感たっぷりに号令をかけた。

「どこから襲われてもいいように武器を手にしながら進みましょう」

よくもまあ、白々しい演技ができるものだ。もっとも、俺だって人のことを言えた義理ではないがな……。

「なんだよ！　いったい俺たちが何をしたって言うんだよー!!」

臆病者のボブはすでに半狂乱となっている。しかしこんな時こそ冷静かつ目立たぬように行動することが肝心だ。俺はクライヴとナタリアの背中を黙ったまま追いかけた。

ここから古城まではおよそ半日の距離だ。すでに空は夕焼けに染まっている。そこで俺たちは寝泊まりできそうな安全な場所を探すことになった。しかしここでアニメとは異なる展開が待ち受けていようとは……。


それは地面から響く車輪の音から始まった。

「馬車か!?　こっちへ近づいてくるぞ」

メンバーの声に俺たちは音のするほうを向いた。すると森の入口から聞き覚えのある声が響いてきたのだ。

「お兄ちゃん！　お姉ちゃん！」

アルメーヌだ。なんとひとりで馬車を操って戻ってきたではないか……。

「アルメーヌ！」

「アルメーヌちゃん！」

クライヴとナタリアが大げさな身振りで彼女を迎えた。いったい何のために姿を現したのか。その疑問を俺の代わりにクライヴがぶつけた。

「アルメーヌ！　なんで戻ってきたんだ⁉　町に残っていれば安全だったのに！」

みんなを殺しにきたに決まってるでしょ、なんてバカ正直に答えるはずもなく……。

「何を言ってるの⁉　私もみんなと同じ仲間でしょ⁉　私だけ一人で安全なところに隠れてるなんてできるわけないじゃない！」

むしろお前が町に残れば、町の人々の安全が脅かされるというものだ。

……と、ツッコミを入れたいところだが、そうもいかない。ここはアニメで言えば感動のシーンだからな。場を乱せば、即死亡フラグに間違いない。

「アルメーヌちゃん！　あなたのことは私が絶対に守るわ！　この命をかけても！」

ナタリアが宣言したのを皮切りにメンバーたちが続いた。

「安心しろ、この銃で君を守る」

アルヴァンが自慢の銃を取り出せば、

「俺もこの命にかえてでもアルメーヌを守る！」

と、さっきまで恐怖に震えていたボブまで調子の良いことを言いだす始末。

もっともこういうシーンで『命をかける』と軽々しく発言するのはＮＧだとミカが言ってたな。

――戦場で『俺の命をかけて、みんなを守る！』ってセリフはタブーだよ！　本当に命をかけて仲間を守ることになっちゃうからね！


周囲に流されて俺も口にするところだった。

危ない、危ない。

それでも何も言わないわけにもいかない。どうしたものか……。

そう悩んでいるうちに、アルメーヌが真っ赤に腫らした目をこちらに向けてきた。

「おじさんは……？　おじさんも命をかけて私を守ってくれる？」

おいおい。

弱々しい声からは想像もつかないくらいに、瞳がギロリと光ってるじゃないか。まるで獲物をとらえた蛇のようだ。その目を見た瞬間に、彼女が戻ってきた理由を確信した。それは俺、イルッカを確実に死に追い込むためだ。きっと俺がクライヴに死亡フラグを立てようとしたことが、彼女の逆鱗《げきりん》に触れたのだろうな。

――これからは容赦しないぞ。

と目で訴えてきている。

なるほど。面白い。ならば俺も本気でかわし続けるだけだ。

「ああ、やれるだけやってやるさ」

アルメーヌが他人には見えないようにニタリと笑みを浮かべる。そして止めをさすように、念を押してきた。

「じゃあ、おじさんも私を守るためなら命をかけてくれるのね？」

引っ掛かったな、と言いたいのだろうが……。残念だったな。

俺はてめえの浅はかな策略にはまるほど甘くないんだよ。

「いや……。俺は自分の命を大事にする」

予想の斜め上をいく言葉に、それまでの感動が嘘のように場が鎮まった。アルメーヌですら目を丸くしている。しかし、ここがチャンスとばかりに横やりを入れてきたのはナタリアだった。

「イルッカ！　あんた……！」

仲間のために必死の想いで戻ってきたアルメーヌちゃんになんてひどいことを言うの？

とでも言って、俺を孤立させるつもりだろ。

させるかよ！　俺は絶対に生き延びるんだ！

「人の話は最後まで聞け‼」

普段口数の少ないイルッカの一喝にナタリアの口が閉じた。間髪いれずに、俺はぐっと表情を引き締めて続けた。

「俺だけじゃない。ここにいる全員に、自分の命を大事にしてほしいぜ。みんなで化け物を退治して、みんなで生きて帰る。それが俺たちの目標じゃねえのか？」

メンバーたちは、雷にでも打たれたかのように口を半開きにして俺を見つめている。そんな中、クライヴが強い口調で俺に続いた。

「イルッカさんの言う通りだ！　みんな！　自分の命を大事にしよう！　ここにいる全員で生き延びるんだ！」

「おおっ!!　そうだ！　その通りだ!!」

一斉に沸き上がるメンバーたち。その一方でアルメーヌとナタリアの二人は、ひくひくと頬を引きつらせている。

『ざまぁみろ』

俺は声には出さず彼女たちに向けて口を動かしたのだった。

■法則その17　『化け物に襲われた時に、車とかヘリコプターとか、乗り物を使ってその場を離れようとする人』は殺される

――ねえ、お兄ちゃん！　知ってる!?

『化け物に襲われた時に、車とかヘリコプターとか、乗り物を使ってその場を離れようとする人』って、必ず死ぬんだよ！　ほらね！

＊

アルメーヌが再び討伐団のメンバーに加わった。なぜ彼女が戻ってきたのか。

彼女は「町の長老たちから『応援を送るから、古城で待機していてくれ』という伝言を預かったから」と言っていたが、当然たてまえだ。実際は『何がなんでもイルッカを殺すため』である。

しかしもう一つ、疑問は残されていた。それは『なぜ彼女は馬車を使って戻ってきたのか』ということだ。ただ、その疑問の答えもすぐに明らかになる。

夜を迎えた。

夜の見張り番は三人一組となって交代で行うようだ。俺はエイミーという女と、ブリックという少年の二人と組むことになった。

ちなみにエイミーは結婚詐欺で何人もの男の財産をだまし取った罪で、ブリックは学校で同級生をいじめて自殺に追い込んだ罪で、牢屋にぶち込まれたのだそうだ。

中世ヨーロッパ風のアニメにしては、ずいぶんと現代的な罪だな。まあ、いずれにしてもろくでもない奴らであることは確かだ。その証拠に彼らは見張り番になった直後から、周辺の様子ではなく注意深くメンバーたちの様子を見ている。つまり彼らが完全に寝静まるのを待っていたのだ。

「よし！　みんな寝ちまったよ」

「いよいよ作戦決行だね」

さっそくきな臭い相談を始めている二人。言うまでもなく近寄ってはダメだ。俺は聞こえぬ振りをして見回りを続けた。

とても静かな夜だ。これまで幾度も凄惨な殺人が起こったとは思えないほどに落ち着いた時間が流れていた。一通り見回りを終えたので、少し休憩をとることにしよう。

討伐団のテントが並ぶ場所から少しだけ離れ、適当なところで腰をおろすと、空を見上げた。

「三日月か……」

久しぶりに見るその月は白く輝いており、まるでアルメーヌが持つ『巨大な鎌』のように見える。小さな体に不釣り合いなその鎌を自在に操り、死亡フラグが立った人の命をいとも簡単に刈り取る彼女。赤く目を光らせ、口が大きく裂けた顔が脳裏に浮かんできて、ゾクリと背筋に悪寒が走った。

わずかにわいた恐怖を押し戻すように、水筒の水をあおる。

「そろそろ見回りに戻るか」

ゆっくりと腰をあげて何気なく視線を森のほうへ向けた。すると視界に飛び込んできたアルメーヌの姿に心を奪われてしまったのだった。

背をピンと伸ばして夜空を見上げている。かすかな月明かりに青白く照らされた彼女の姿は、まるで絵画から出てきたかのように幻想的だ。

そしてさらに俺の心を揺さぶったのは、彼女が小さな声で三日月に問いかけた言葉だった。

「どうして行ってしまったの……？」

行ってしまった？　どういうことだ？

当然そんなことをたずねるわけにはいかない。それに彼女に気づかれる前に離れないと、また何を仕掛けられるか知れたものではない。しかし強い哀《かな》しみをたたえた彼女の瞳は俺の心をつかんで離そうとしない。俺は視線すら動かせなかった。

しばらくして彼女は視線をもとに戻した。言うまでもなく俺と目が合う。

一瞬だけはっとした表情を浮かべた彼女だったが、すぐにいつもの嫌らしい笑みを浮かべた。

今さら遅いよな、と思いつつも、こっそりとその場を後にしようとする。

しかし……。

「おじさん。どこへ行くの？」

アルメーヌの声だ。からみつくようなねっとりとした口調が、俺の足を止めた。俺は振り返らずに答えた。

「どこにも行かねえよ。役割通りに見回りしているだけだ」

「ふぅん。でもエイミーお姉ちゃんと、ブリックお兄ちゃんが、おじさんを呼んでるよ」

「悪い。お前さんのほうから『見回りを終えたらそっちへ行く』って伝えておいてくれないか？」

「くくく。嫌に決まってるでしょ」

本性現しやがって……。

しかしこうなったら彼女の言葉に従うしかない。もし無視を決め込めば、エイミーとブリックから『口封じ』されかねないからな。そこで俺はアルメーヌと共に彼らのもとへ足を運んだ。

「ああ、ようやく来たねぇ」

「イルッカさん！　遅いっすよ！」

二人は無邪気に手招きをしているが、たき火の明かりに浮かび上がっている彼らの顔はいかにも悪人だ。

俺は彼らに向かい合うようにして、アルメーヌと共に腰を下ろした。間髪いれずにエイミーが声をあげた。

「ずばり言うわね。私たち四人で町へ戻るわよぉ」

切れ長の鋭い目で俺の顔を覗き込んでくるエイミーに対し、俺は淡々とした口調でたずねた。

「ほう。他のメンバーを見捨てて、俺たちだけで逃げようってことか？」

俺が即座に話に乗ってこなかったことが意外だったのだろうな。ブリックとエイミーの二人が顔を見合わせた。すると彼らに代わって、アルメーヌが口を挟んだ。

「違うわ！　町に戻って、応援してくれる人たちの道案内をするの！」

「そ、そうよ。逃げるなんて人聞き悪いわぁ。誰かが道案内をしなくてはならないでしょぉ」

「そ、それを俺たちがやってやろうってことっす。べ、別に逃げるわけじゃないっす」

なるほど。上手い言い訳を考えたもんだ。しかしアルメーヌに小手先の手段が通じるはずないのは、よぉく知っている。そこで俺も『上手い言い訳』をすることにした。

「じゃあ、お前たち二人で町へ戻ればいい。道案内は二人でじゅうぶんだろ。他の奴らには上手く言っておくから安心しな」

アルメーヌの目がギラリと光る。ああ、そうだったな。こいつにありきたりな言い逃れが通じるわけないか。

「おじさんには私を手伝ってほしいの！」

「どういうことだ？」

「町へ戻った後、私とおじさんは食料や武器を積んでここに戻ってくるのよ！」

馬鹿も休み休み言えってんだ。誰が好き好んで化け物と二人っきりで馬車に乗るかっつーの。

それにミカはこう言ってた。

――『化け物に襲われた時に、車とかヘリコプターとか、乗り物を使ってその場を離れようとする人』って、必ず死ぬんだよ！

彼女いわく「理由は関係ない」そうだ。逃げ出そうとするヤツは論外だが、仲間のために助けを求めに行く場合でもダメらしいからな。つまり馬車に乗り込んだ瞬間にアウトってことになる。

恐らく馬車に乗って戻ってきたのも、最初からこの場を逃げ出そうとする奴らを一掃するためだろう。馬だけなら数人を乗せることはできないからな。

適当に言い訳して、どうにか回避しなくては。しかし俺が口を開く前に、アルメーヌは意外なことを口にした。

「でも、おじさんがみんなを化け物から守りたいって言うなら話は別よ」

化け物から守りたいのは『みんな』というよりは、『俺自身』だが間違ってはいない。

だが、なぜだ？

なぜアルメーヌが俺に助け舟を出してくるんだ?

それでもここは話を合わせるしか選択肢はない。

「そうだな……。俺がここを離れるわけにはいかねえ」

しかしこの言葉こそが、彼女が仕掛けたトラップだったとは……。

——かかったな!

不気味に口角が上がり、瞳がらんらんと輝く。ゾクリと悪寒が走ったとたんに「しまった!」と唇をかんだが、後悔先に立たずだ。彼女はここぞとばかりに、俺の急所を容赦なくついてきたのだった。

「おじさんがここに残るんだったら、セルマお姉ちゃんにも手伝ってもらうわ」

「なんだと……」

自分でも顔から血の気が引いていくのが分かった。アルメーヌはニタニタしながら俺を見つめている。

この下衆《げす》め……。妹を盾に取りやがったな……。

アルメーヌがセルマに接触したら、間違いなくセルマは殺される。愛《いと》しのクライヴの婚約者なんて邪魔者以外の何物でもないからな。あの手この手を使って『死亡フラグ』を立てるだろう。

俺が言葉を失っているうちにエイミーとブリックが立ち上がった。

「じゃあ、俺たちは先に馬車に行ってるっす。イルッカさんも準備ができたらすぐに来てくださいっす」

そして二人が完全に姿を消したところで、アルメーヌが笑いだした。

「くくく。あなたに残された選択肢はたった二つ。『妹の命を犠牲にして、自分の命を救う』か『自分の命を犠牲にして、妹の命を救う』か。さあ、どちらを選ぶの？　くくく……。ははは‼」

どっちも完全にバッドエンドじゃねえか。

どうしたらいいんだ……。


……いや、もう一つだけあるぞ。

『主人公を連れていく』！

白い洞窟の時に使った手だ！

しかしその選択肢さえも、アルメーヌは潰してきた。

「言い忘れたけど、馬車は四人しか入らない。だからクライヴお兄ちゃんたちを乗せるわけにはいかないわ」

完全に逃げ道がふさがれてしまった……。

「ねえ、もういいでしょぉ」

「イルッカさん！　早く行くっす！」

馬車は幌《ほろ》馬車と呼ばれる白い布地を荷台にかけたタイプのもの。すでに中に乗り込んだ二人が手招きしてきた。言うまでもなく、彼らの頭上には『死亡フラグ』が勢いよくはためいている。

近寄ってきたアルメーヌは耳元でささやいてきた。

「馬車が走ったらすぐにあの二人を始末してあげるわ。あとは二人でじっくりと楽しみましょう。くくく」

彼女の勝ち誇った顔が憎い。しかしもう打つ手がない。万事休すだ。

——こうなったら馬車に乗って、相打ちを狙うしかない。

悲壮な覚悟を決めた瞬間だった。


——お兄ちゃん！　一番大切なのは『あきらめないこと』だよ！


なんとミカの声が脳裏に響いてきたのだ。パンと頬を張られたような痛みを覚えると同時に、ガクリと肩の力が抜ける。

その通りだ。俺があきらめてどうするんだ。

消えかかった胸の中の光が再び灯《とも》ってきた。思考が全身を駆け巡っていく。

そして、ついに——。

「見つけた……。『もう一つの選択肢』を……」

「はあ？　何言ってるの？　気持ち悪い」

アルメーヌが眉をひそめた。俺は彼女をちらりと見て言った。

「そうだな……。俺もあんな奴らと一緒に馬車に乗るのは気持ち悪くて仕方ねぇよ」

「ふふ。だったら今すぐに始末してあげてもいいよ」

「ああ。そうしてくれ。あんたがあいつらを始末したのを見たら、すぐに馬車に向かうから」

「ようやく観念したようね。じゃあ、約束よ」

「約束だ。必ず馬車に向かう」

「くくく。でも約束を破ってもいいよ。そしたら愛しの妹ちゃんを殺すだけだから」

そう言い終えると同時に、彼女は馬車のほうへスキップしていった。俺は力のない目でその背中を見つめる。しばらくすると馬車がわずかに揺れ、幌馬車の白い布地が鮮血の赤に染まった。

その瞬間……。

――ドックン……。

心臓が大きく脈打ち、自然と口角が上がった――。

そして、

「化け物だぁぁぁ!!」

俺は雷鳴のような大声を轟《とどろ》かせたのだ。

「なにごとだ!?」

テントの中からクライヴたちが姿を見せたのを見計らって、背負っていた弓を素早く取り出して狙いを定める。

――ドシュッ!

乾いた音を立てて弓矢が空気を切り裂いていく。

「いけっ!」

俺の願いにこたえるように、

――ドンッ！

矢は馬の尻に深々と突き刺さった。

「ヒヒィィン‼」

馬は激痛のあまりに甲高くいななくと、その場で暴れだす。

「な、なにっ⁉」

返り血で顔と服を真っ赤に染めたアルメーヌが荷台から飛び出してきた。俺は彼女に手招きしながら叫んだ。

「化け物が馬車の中にいる‼　アルメーヌ！　そこを離れるんだ‼」

俺は馬車に向かって走った。そしてアルメーヌの手をグイっと引っ張り、彼女を抱きかかえたのだった。

「約束は守ったぜ」

「な、なにを言ってるの⁉　馬車が使い物にならなきゃ意味が……。まさか⁉」

「ようやく気づいたようだな。これが『もう一つの選択肢』の正体だ」

「もう一つの選択肢……」

「乗り物を壊す、ということだ！　ははは‼　壊れた乗り物には乗ることはできないからな‼」

「ぐぬぬっ！　おのれぇぇ‼」

そして歯ぎしりして悔しがる彼女の耳元で俺はささやいたのだった。

「ざまぁみろ」
と――。

■法則その18　『突然、主人公に思い出のエピソードを語られた人』は殺される

――お兄ちゃん！　知ってる!?

『突然、主人公に思い出のエピソードを語られた人』って、だいたいすぐに殺されちゃうんだよ！　ほらね！

＊

理不尽だ。理不尽極まりないのだ。

アルメーヌはヴァンパイア。なんと彼女にはヴァンパイアにありがちなテンプレの弱点が通用しない。

「ニンニク？　大好きだよ！　私、マイ・ニンニクのチューブをいつも持ってるし」

「太陽の光？　全然、平気！　むしろ日光浴、最高！」

「十字架？　なにそれ？　美味《おい》しいの？」

「銀の銃弾？　ふえええ！　おじさんは銃で私を撃つ気なのー？　あ、でも仮に撃たれても無傷だけどね。えへっ」

すべて設定資料集で書かれていた通りだ。となれば、彼女の弱点は二つ。

『生き血が吸えずに餓死する』か『永遠の愛を誓った相手が死ぬ』というものだけだ。

ちなみにヴァンパイアが永遠の愛を誓うのは、『生き残った最後の一人の生き血を吸い尽くすこと』らしい。つまり永遠の愛を誓った人間は一度死ぬ。その後、ヴァンパイアとしてよみがえるというわけだ。

話を弱点のことに戻すと、彼女が永遠の愛を誓った相手も不死のヴァンパイアであり、もはや彼女の弱点は『ない』と言っても過言ではないのである。

まったく理不尽としか言いようがない。理不尽と言えばもう一つ。

――『突然、主人公に思い出のエピソードを語られた人』って、だいたいすぐに殺されちゃうんだよ！

この『死亡フラグ』は理不尽だと思わないか？

いくら注意したって、自分ではどうしようもできないじゃないか。そしてそれを誘発しようとする悪魔のような行いが許されるはずもないだろ。

当然そんな理屈は悪魔には通用しないわけだが……。

ふと見ればアルメーヌがクライヴに話しかけようとしている。他人の会話に聞き耳を立てるのは趣味じゃないが、変なことを吹き込まれたらたまったもんじゃないからな。俺はごく自然にクライヴの横に並んだ。

「ねえ、ねえ、お兄ちゃん！」

「ん？　どうした？　アルメーヌ」

「みんな暗い顔ばかりで空気が重いね」

お前が言うな。

「そうだな。でも仕方ないさ。多くの仲間が殺されてしまったんだからね」

「むむぅ……！　化け物めぇ！　見つけたら私がとっちめてやるんだから！」

もう一度言おう。お前が言うな。

「そうだ！　何か明るいお話をしましょうよ！」

「明るい話？」

チラリと俺を見てきたアルメーヌの目は笑っていない。

またよからぬことを考えてるのか？

まさか『突然、主人公に思い出のエピソードを語られた人』に仕立てようとしてるんじゃないだろうな。

「たとえばー……。お兄ちゃんとおじさんの思い出とか！」

「ごふっ！」

まじか!?　ド直球できやがった！

想像した自分でもビックリだ。

いた。

「ああ、クライヴ。その話はとっておこうぜ」

すかさず俺は話を遮った。しかし、頬をぷくりと膨らませたアルメーヌはあきらめずに食らいつ
いた。

「ええー！　なんでぇー⁉　教えてよー！　減るもんじゃないしー！」

「大人には大人の事情ってもんがあるんだよ。子どもが口出すことじゃない」

「けちー！　人でなしー！　悪魔ぁ！　ヴァンパイアー！」

何度でも言ってやる。お前が言うな。

「まあまあ、イルッカさん。別にいいじゃないですか」

いや、よくないぞ。クライヴ。これは俺の命がかかっているんだから。

「くくく。さっすがクライヴお兄ちゃん！」

その笑い方に思わず本性が出ちゃってますよー。

……が、心の中でツッコミを入れている場合ではない。早くもクライヴがあごに指を当てて考え
始めているではないか。実際に俺たちにどんな接点があったのか、設定資料集にも書かれていなか
った。しかし彼の婚約者がイルッカの妹である以上、多少なりとも交流はあったはずだ。

まずい……。

このままでは『突然、主人公に思い出のエピソードを語られた人』になってしまう……。

今の俺に残された選択肢は……。

（1）さりげなく別の人の思い出話を語らせる
（2）アルメーヌがクライヴの話をやめさせる

どちらも現実的ではなさそうだな……。

まず（1）だが、そもそも俺はクライヴの交友関係を知らない。今、ここにいる寄せ集めのメンバーのうち、彼が思い出話を語れるほどの人がいるのだろうか。ダメだ。不自然な振る舞いはかえって自分の首を絞めることになる。

では（2）はどうか。

アルメーヌがクライヴの話を途中でやめさせるなんて、想像すらできないぞ。そもそも彼女はクライヴのことが好きで好きでたまらないのだ。そんな彼の話なら、たとえ殺したいほど憎い相手との思い出話ですら聞きたいに違いない。
（1）でも（2）でもダメ……。ならば打つ手がないじゃないか……。
「そうだなぁ。僕とイルッカさんの出会いは確か……」

すでに話し始めているクライヴ。アルメーヌが口元はニコニコしているが、目を大きく見開いて俺を見ている。

――さあ、死ね！

と言わんばかりに……。

くっ……。ここまでなのか……。

……と、その時。

——お兄ちゃん！　逆転の発想だよ！

脳裏に響いてきたミカの声に、俺ははっとした。

「逆転の発想か……」

（1）もダメで、（2）もダメ。

ならば『（1）さりげなく別の人の思い出話を語らせる』と『（2）アルメーヌがクライヴの話をやめさせる』の両方を合わせれば——。

そう閃《ひらめ》いた瞬間に俺は大きな声を出していた。

「クライヴと俺の仲は、俺の妹のセルマを抜きにしては語れないよな!!」

アルメーヌとクライヴの二人が目を丸くして俺を見つめる。彼らが言葉を失っているうちに、俺は矢継ぎ早に言葉を並べた。

「だから俺たちの仲を語る前に、クライヴはセルマのことを話さなきゃダメじゃないか！」

これが（1）。つまり、さりげなくセルマの思い出話を語らせるように仕向けたのだ。

「え、あ、そ、そうですかね？」

「なぜそこで疑問形なんだ？　セルマがいるから俺とクライヴの接点があるんじゃねえか。それとも義理の兄になる俺に黙っておきたい秘密でもあるっていうのか？」

「いや、そんなことは……」

「じゃあ、話してくれよ」

「はい……」

クライヴが顔を赤くしながらうなずいている。なぜ彼が渋ったのかは分からない。だが何はともあれ、作戦成功だ。これで俺に死亡フラグが立つことはないだろう。

それでも一つ問題がある。このまま彼がセルマとの思い出話を語れば、遠く離れたセルマに死亡フラグが立ってしまうことだ。

アルメーヌのことだ。ここから抜け出してでも、彼女を殺しにいくだろう。

だがそうはさせない。だから『(2) アルメーヌがクライヴの話をやめさせる』を仕掛けるのだ。

「じゃあ、まず聞かせてくれよ。クライヴはセルマのどんなところに惚れたんだ？」

「えっ？　そ、それは……」

クライヴの顔が今度は青くなった。

「ははは！　恥ずかしがることねえじゃないか！　お前さんのほうから彼女に惚れたって知ってるんだぜ！」

口から出まかせではなく、設定資料集にそう書いてあったから確実だ。俺はあらためてアルメーヌを見た。明らかに顔が歪み始めている。

そりゃあ、そうだろうな。恋する相手が、婚約者とのなれそめを語ろうとしてるんだ。そんな話、聞いただけで反吐《へど》が出るだろ。

クライヴは話しづらそうに口を開き始めた。

「そ、そうですね……。まずは、心優しくて穏やかなところとか……。や、やっぱり僕ののろけ話なんか聞きたくないですよね⁉」

「ははは！　遠慮することはねえよ！　どんどんのろけてくれ！　アルメーヌも聞きてえよな？」

そして、俺は笑顔のまま彼女に話をふった。彼女は悔しそうに唇をかんでいる。

「きょ、今日はあんまり調子が良くないみたい！　ま、また今度聞くわ！」

彼女はそう言い捨てて、ぷんぷんしながら俺たちから離れていった。

ざまぁみろってんだ。

俺は心の中で舌を出しながら、彼女の背中を見送る。そして彼女がナタリアのそばに寄ったのを確認したところで、

「ふぅ……」

大きなため息を漏らしたのだった。

＊

今回もなんとかやり過ごすことができた。しかしまだまだ油断はならない。クライヴが俺との関係をベラベラと話さないようにしなくては……。

俺はアルメーヌがどこにいるか、メンバーたち全員を見回した。

……と、その時。クライヴが何気なく漏らした言葉で、俺の中に衝撃が走った。

「いやあ、それにしてもイルッカさんが討伐団のメンバーにいてくれて、本当に心強いです！　またま町に立ち寄っていただいたところで、メンバーに加わってくれたのですから、僕は本当に運が良い！　ありがとうございます！」

そこで素朴な疑問が浮かんできたのである。

――どうして俺は『討伐団』のメンバーに選ばれたんだろうか……。

設定資料集によれば、クライヴを除くメンバーの全員が何らかの罪に問われて、牢獄《ろうごく》に収監されていた罪人だ。俺は自分から名乗り出たのだろうか。

ちなみにイルッカの素性については『元剣闘士』としか書かれていなかったと記憶している。

あまりにもモブキャラすぎて、作者が何も考えていなかったのだろうか……。

いや、主人公の婚約者の兄だぞ。『あまりにもモブキャラすぎる』というのは不自然だし、一番はじめに殺される意図がよく分からない。

主人公のクライヴと何らかの因縁があるのだろうか……。

細かすぎるほど細かい設定資料集に記載がないのは、単なる漏れなのか、それとも俺の知らない何か深い理由があるのか……。

さらに考えを巡らせようとしたところで、

「イルッカさん！　じゃあ、行きましょうか！」

クライヴの明るい声で我に返った。言葉で応える代わりに小さく微笑《ほほえ》んで返す。

まあ、細かいことは後回しだ。とにかく生き延びること。それだけに集中しようと、あらためて思い直したのだった。

■法則その19（ストーリーの中盤以降で）『役に立たない人』は殺される

――ねえ、お兄ちゃん！　知ってる!?

ホラー映画って中盤までくると、『役に立たない人』は死ぬんだよ！

これ以上は残しておいても意味がないからだと思うの！　ほらねっ！

＊

さて、いよいよ『黒い森』を抜けて、古城までもう少しとなったわけだが、ここまで生き残っているのは七人だ。それぞれどんな人物か、整理しておこう。

まずは俺。イルッカ。妹のセルマが主人公のクライヴの婚約者だが、本人にこれといった特徴はない。冴えないモブ男。

次に主人公のクライヴ。臆病なところがあったが見事に克服し、討伐団を引っ張るリーダーを担っている。

ヒロインのナタリア。本性は性悪女だが、彼女の素性を知る者はすべて殺されており、表向きはメンバーたちを励ます重要な立場。

クールなヒットマン、アルヴァン。彼の持つ銃の破壊力はちょっとした扉なら吹き飛ばすほど強力だ。

冷静沈着な美人弁護士、モーナ。彼女の優れた洞察力と推理力は、メンバーが迷いそうな時に力になっている。

ひょうきんなコメディアン、ボブ。暗くなりがちなメンバーたちを持ち前のギャグで明るくしている。

ゴッドハンドの異名を持つ元名医、エドワルド。すでに七十を超えるご老体だが、彼いわく「腕は鈍っておらん」そうで、仲間たちは大いに信頼している。

以上、七人だ。

全員揃ったところで、お気づきだろうか……。この七人の中で、一人だけまったくの役立たずがいることを……。

言うまでもなく、俺、イルッカだ。


——『役に立たない人』は死ぬんだよ！

これ以上は残しておいても意味がないからだと思うの！

ミカの言葉が胸にグサリと刺さる。そしてアルメーヌがちょっかいを出してこなくなったのも、このまま放っておいても俺に死亡フラグが立つことを知っているからだろう。その証拠にチラチラ俺を見る時に、興奮で鼻が大きく膨らんでいる。

分かりやすい少女だ。だがそうやすやすと死亡フラグを立ててたまるか。ただ、これぱかりは小手先では回避しがたい。つまり彼らと同等か、それ以上に『役立つ人』でなくてはいけないということだ。

「さて……。どうしたものか……」

けたたましいセミの声と、木々の間から照りつける真夏の太陽が、容赦なく体力を奪っていく。ただでさえ寝不足に加え、今日は朝から歩きっぱなし。油断すれば思考が止まりそうになってしまうところを必死に頭の中を回転させていた。

「俺がここにいるメンバーよりも役立つことを証明するためには、彼らの得意とする分野で俺のほうが優れていることを示さねばならない、ということか……」

主人公とヒロインという特殊な属性を覆すのは、現時点では不可能だ。となれば俺に与えられた選択肢は四つか。

（1）アルヴァンの持つ銃に勝る火力を見せつける
（2）モーナの推理力に勝る名探偵ぶりを見せつける
（3）ボブの持ちネタに勝る一発ギャグを見せつける
（4）エドワルドの知識に勝る応急処置を見せつける

まず『(1) アルヴァンの持つ銃に勝る火力を見せつける』だが、これは物理的に無理がある。彼が持っているのは『破壊力抜群の銃』で、俺の持っているのは『ありふれた短剣』と『威力の弱い弓』だからだ。

では『(2) モーナの推理力に勝る名探偵ぶりを見せつける』はどうか。これもすぐに行うのは無理がある。この状況でどんな推理を披露すればいいのか分からないし、そもそも俺はミステリーで犯人を当てることができたためしがない。現に『キープ・キリング』でも最後まで生き残るのはボブだとばかり思っていたくらいだからな……。

となると『(3) ボブの持ちネタに勝る一発ギャグを見せつける』か……。

できればしたくないが仕方ない。ちょうど川べりの広場で休憩となったところだ。

よ、よし！　怯んでいる場合じゃないよな！

――ダダッ！

俺はみんなの前に躍り出た。そして彼らが目を丸くする中で、地面に寝転び、手首をくいっと曲げたのである。

「にゃー」

可愛らしい声で鳴きまねをした後、精いっぱいお茶目な声で言った。

「みんなの前で、猫が寝転んだにゃ」

「…………」

「…………」

「…………」

「……ぷっ……」

「…………」

「…………」

「…………」

まずい。まずい。まずい!!

一人を除いて、全員が真っ白な顔をしているではないか!

まるでかわいそうな人を見るような目つきで、俺を凝視している。しかし、そんな中にあって、唯一顔を真っ赤にして笑いを押し殺しているのはアルメーヌだ。あいつにだけは渾身のギャグが通じたらしい。もしあいつを爆笑の渦に巻き込めば、雪崩のように場が笑いに包まれるはずだ。

こうなりゃ、もう一押し!

「にゃんとも言えない空気になってしまったにゃ」

「…………」

「…………」

「…………」

「……ぷぷぷっ……」

「…………」

「…………」

「…………」

ぐぬぬっ！

余計に場は寒くなってしまったが、アルメーヌだけには深いダメージを与えたようだ。頬をぷくりと膨らませながら必死に口を押さえている。

早く楽になっちまえ、と念を込めて視線を送る。しかし彼女は涙目で首をぶるぶると横に振って、なんとかこらえていた。

こうなりゃもう一発だ！

……と、その時だった。

「まさかのイルッカさんの捨て身のギャグ！　猫だけにキャッと驚いたぜ！　ギャハハハ！」

コメディアンのボブが大笑いしながら前に躍り出てきたのだ。そして俺の上に覆いかぶさり、こっそり耳打ちしてきた。

「イルッカさん。俺に任せてくれ。俺がみんなを笑顔にしてみせる」

違う！　それではダメなんだ！

「イルッカさんを男にするのは……俺、ボブだ」

ボブは親指を立てながら出っ歯をキラリと輝かせている。

だから違う！　それでは俺は『男』ではなく『死体』になっちまうだろうが！

しかし俺の悲痛な思いなど伝わるはずもなく、彼は持ち前のギャグを惜しみなく披露し始めたのだった。

「野良猫の上に乗らねー子。だから首根っこつかんで、ねっこ退場！　ギャハハハ‼」

「あははは‼」

意味がまったく分からないが、クライヴをはじめ全員がゲラゲラと笑っている。彼らの様子を冷めた目で見ながら、俺はボブに首根っこをつかまれて退場していった。

この展開はまずい……。アルメーヌが「ざまぁみろ」と口を動かしているのが見える。

ああ、これは本気でヤバいかもしれない。俺はあきらめに近い感情を抱いていた。

……だが、幸運の女神は、まだ俺を見捨ててはいなかったのである。

――バタッ……。

なんとナタリアがその場で倒れたのだった――。

■法則その20　『仲間や家族のために頑張った人』は生き残る

――お兄ちゃん！　知ってる⁉　どんな映画やドラマでも『仲間や家族のために頑張った人』って、たいてい生き残るんだよ！

そうだったな、ミカ。だから俺もミカも頑張ってるんだったよな――。

＊

ナタリアが突然倒れた。

「ナタリア‼」

腕や顔が赤くなっており、大量の汗をかいている。彼女は苦しそうにつぶやいた。

「かゆい……。かゆい……」

かゆい？　しかしどうにもかゆがっているようには思えない。

ゾンビにでもかまれたのか？

俺はアルメーヌの顔を見たが、彼女は「私何もしてない」と言わんばかりに首をすくめている。

アルメーヌではない、となれば……。俺が考えているうちに、モーナが冷静な声で言った。

「とにかくエドワルドさんに診てもらいましょう」

「わしに任せなさい」

エドワルドが腕をまくり、ゆったりとした動作で彼女の前にしゃがんだ。

「ううっ……。かゆい……」

なおも苦しがっているナタリア。彼女の瞳孔や呼吸を確認したエドワルドが、落ち着いた声でうなった。

「なるほどのう」

いかにも名医らしい鋭い目つきに、全員がかたずをのんで見守っている。すると彼はカバンから怪しげな緑色の粉末を取り出した。

「これは解毒の薬じゃ。知らぬうちに蜂かサソリに刺されたに違いない。この薬を飲ませて、汗と共に毒を流せば、たちまち良くなるじゃろ」

そう言った後、水と共にナタリアの口へ流し込んだ。

ナタリアは苦そうに顔を歪めたが、ゴクンと喉を通すだけの力は残っていたようだ。それを見たエドワルドは自分が羽織っていた上着を彼女の体にかけた。彼女の体を温めて汗を出させるためだという。

「ううっ……。苦しい……」

しかし彼女の容態は一向に良くならない。それどころかますます苦しんでいるではないか。

そこでモーナが落ち着いた声でエドワルドに問いかけた。

「苦しんでいるようですが、これでよいのでしょうか?」

エドワルドの顔つきが厳しくなり、鋭い視線をモーナに向ける。

「おぬし……わしの見立てに文句をつけるつもりか?」

「いえ……。そういうわけではないのですが……」

「どんな病気でも良くなる直前に苦しみがピークになるものじゃ。今、彼女は闘っておる。彼女の体力を信じるのじゃ」

ゴッドハンドと称えられた元名医にそう言われたのでは、誰も何も口を出せない。みな黙り込んでナタリアの様子を見守っていた。ナタリアは絶対に良くなるはずだ、みんなそう信じていたのである。

……俺を除いて。

ふと見ればナタリアの頭には死亡フラグが立っている。俺はアルメーヌに視線を送った。

——どうした？　彼女を楽にしてやらないのか？

彼女は首を横に振った。

——どうせ何もしなくてもナタリアは死ぬ。わざわざ手を下す必要なんてないわ。

……ということか。そりゃそうだよな。わざわざ「私が化け物です」なんて名乗る必要もなく、彼女は死んでいくだろう。なぜなら俺は知っているのだ。エドワルドの見立ても治療も、まったくの見当違いだ、ということを。

ちなみにアニメではこの後に「暑い、暑い」とナタリアが叫んだところで、モーナがエドワルドの誤診を暴くことになる。それをきっかけに立場を失ったエドワルドは、癇癪《かんしゃく》を起こして仲間に襲いかかる。そうして結局は死亡フラグを立てるんだったよな。

つまり何もしなくてもナタリアは助かるし、エドワルドが次の犠牲者になるのは確かだ。しかしこれはチャンスだ。すなわち彼らの得意とする分野で俺のほうが優れていることを示せるとすれば、ここしかない。

——どんな映画やドラマでも『仲間や家族のために頑張った人』って、たいてい生き残るんだよ！

俺だって性悪女を助けてやるのは気が乗らない。しかし、これも俺が生き延びるためだ。仕方ない。元の世界で『医者』だった俺の見立てを見せよう——。


「ナタリアの症状は『熱中症』だ」

意外な男からの言葉に、みな目を丸くした。

「ねっちゅうしょう？　なんだそりゃ？」

どうやらこの世界には『熱中症』という言葉はないらしい。しかしいちいち説明する暇も義理もない。俺は彼らの反応など気にせずに、処置を開始した。

まずは日陰に彼女を移す。次にかけられていた上着をはがし、できる限り薄着にした。その様子にモーナが顔を赤くして詰め寄ってきた。

「やめなさい！　あなた何の権利があって苦しんでいる彼女を辱めようとしているの？」

俺は一瞥《いちべつ》もくれずに答えた。

「体を冷やすためだよ。これ以上、汗をかかせたら脱水で死ぬぞ」

「死ぬって……。虫刺されなんでしょう？　だったら汗と一緒に毒を流すのが一番なんじゃないの？」

「だから熱中症だって言ってるだろうが！　かゆい、というのは熱中症が進んで、意味不明な言葉を発しただけだ。その証《あかし》に肌が出ている腕や足に虫刺されの跡がない。ここまで全身の発熱を誘発するなら、刺された場所は相当腫れているはずだからな」

そこに横から口を挟んできたのはエドワルドだった。

「おぬし……。わしの見立てにケチをつける気か……？」

「ああ、そうなるな。あんたの誤診だよ。大きな間違いだ。このままだと最悪ナタリアは死ぬ」

彼の歯ぎしりが耳元でこだまする。しかし気にしたら負けだ。俺は水をバシャッとナタリアの体にかけると、自分の上着を脱いで、彼女をあおぎ始めた。熱中症の応急処置はとにかく冷やすことが肝要だ。

「ぬるい水をかけて風を送ることで、気化熱が体温を奪ってくれる。モーナ。水をコップに注いで、少しだけ塩を含ませてくれ」

「え？　は、はい」

「よし、ではそのコップをナタリアに持たせるんだ」

「私から飲ませなくていいの？」

「無理に飲ませるとむせる可能性がある。わずかでも意識があるなら自分で飲めるはずだ。そのほうが安全なんだよ」

ナタリアは震える手でコップを受け取ると、自分でそれを飲んだ。

「クライヴ、水が足りないんだ。川から水をくんできてくれ」

「あ、うん。分かったよ」

クライヴは駆け足で森の中へと消えていった。

「ボブとアルヴァンの二人は俺と同じように彼女をあおぎ続けるんだ。モーナはナタリアに水をかけたり、声をかけて励ます」

「ならわしは薬を調合しよう！　解熱の薬があるはずじゃ」

「悪いがじいさんは黙って見ててくれ。これ以上、変なものを飲まされたら、ショック症状を引き起こしかねないからな」

「変なもの……じゃと……」

「言っておくが、さっきの解毒の薬というのも効能はかなり怪しい。そもそも虫刺されなら解毒の薬なんか飲ませないで、刺された箇所から針や毒を抜く処置が適切だ。これ以上恥をかきたくないなら、黙っててくれ」

「な、な、なんじゃとぉぉぉ!!」

悪いな、じいさん。これも俺が生き延びるための術なのだ。

設定資料集によれば、彼は明らかな誤診によって患者の少女を死なせたことになっている。しかし最後まで自分の非は認めずに、逆に遺族を追い詰めて一家離散に追い込んだらしい。しかし後になってカルテの改ざんなどの不正が暴かれて、七十にもなって牢屋にぶち込まれたというのだ。

「じいさん。かつての栄光にしがみついて、自分の力を過信する人に大事な仲間の命を預けるわけにはいかねえ。これからは俺がケガや病気をした仲間を診ることにする。もう無理をせずに大人しく引き下がっていてくれ」

「き、貴様!!　誰に口をきいているか分かっておるのか!?　わしじゃぞ！　ゴッドハンドのエドワルドじゃぞ‼」

　ゴッドハンドねえ……。

　確かにかつての彼は名医とうたわれるほどの腕前だったのかもしれない。しかし残念ながら俺にはかなわない。なぜならアニメの舞台は「中世ヨーロッパ」であり、その医療技術は、俺のいた「現代」からはかなり遅れているはずだからだ。

　それに俺は『熱中症』については、特によく調べた過去があるんだ。とある理由でな……。

　とにかく。これで俺のほうが彼よりも『役立つ人』ということになったわけだ――。

「謝れ！　わしに無礼を働いたことを！」

「無礼？　目の前の様子を見ても、あんたはそうほざくのか？」

　見ればナタリアの容態が落ち着いてきている。表情も穏やかになってきた。無論、死亡フラグも消えている。応急処置が上手くいった何よりの証拠だ。しかし、エドワルドは認めようとせずに、つかみかかってきた。

「貴様ぁぁ‼　土下座してわしに謝れ！」

「やめろよぉ！　こんなところで仲間割れは！」

　ボブがナタリアをあおぎながら口を尖らせる。モーナも続いた。

「とりあえず今はナタリアさんのことが優先です。エドワルドさんの言い分は後ほどじっくりうかがいますから、今はイルッカさんの指示に従いましょう」

「ふんっ！　わしは薬草を探してくる‼　その薬草が効いたら、土下座して謝れ‼　いいな‼」

そう言い残してエドワルドは森の奥へと消えていった。

彼の背中をじっと見つめていたアルメーヌは、口元にかすかな笑みを浮かべて言った。

「じゃあ私は栄養のある木の実を探してくるね」

なるほどね。そうきたか。彼女もすでに分かっているようだな。

エドワルドの頭上に死亡フラグがはためいていることを……。

てくてくと森の中へ向かっていくアルメーヌの足取りは、まるでピクニックへ行くように弾んでいたのだった。


しばらく経《た》った後。ボブがさりげない調子で疑問を口にした。

「なあ、じいさんのやつ、やたら遅くねえか？」

その言葉にみなが目を丸くする。どうやらすっかり存在感も薄れてしまったらしいな。

「そう言われればそうね」

いまだに起き上がれないナタリアのそばで、モーナが眉をひそめて言った。

「なあ、アルメーヌちゃん。森でエドワルドさんとすれ違わなかったのか？」

すでにエドワルドの身に何かが起こっていることを察知したのか、ボブがおびえた様子で、戻ってきたばかりのアルメーヌに問いかけた。

「ううん。見かけなかったよ」

いい加減、この嘘つき少女に針を千本飲ませてもバチは当たらない気がする。

「とにかく探しに行こう！」

「お、俺はモーナと一緒にナタリアの面倒を見ておくわ！　だ、だからじいさんのことはよろしく頼む！」

ボブのやつ。どこまでビビりなんだよ。もっとも、ビビりだったからこそ、ここまで生き延びることができた、と言えなくもない。ミカも「ホラー映画では、臆病者のほうが勇敢な人より生き残る可能性が高いんだよ！」って言ってたしな。

「よし、じゃあ行こう」

こうしてクライヴ、アルメーヌ、アルヴァンそして俺の四人で森の中へ入っていった。

そしてしばらくしたところで、見るも無残な姿で亡骸をさらしているエドワルドを発見したのだった。

「エドワルドさん……」

クライヴが悲痛な面持ちで死体を見下ろし、アルメーヌはクライヴの背中に隠れている。さも、「死体を見るのが怖いよぉ」とでも言わんばかりだが、じいさんをこんな姿にしたのはお前だからな。そして死体の右手が何かつかんでいるのを発見したアルヴァンが、それをそっと引き抜いて、俺に手渡してきた。

「きっと薬草だ。どんな効能があるか、イルッカなら分かるか？」

なるほど。死の間際まで、彼は自分のプライドに懸けて、解熱の薬草を探しまわっていたんだな。その根性は称賛に値するぜ。そうしてついに発見したのだ。だから彼は死してなお、その草を離さなかったに違いない。

俺はじっくりと草を観察した。

「これは……」

そこで言葉を切り、草をそっとじいさんの手に戻した。そしてじいさんの顔に向かって言ったのだった。

「ただの雑草だ」

■法則その21 『主人公じゃないのに主人公みたいに振る舞う人』は殺される

——ねえ、お兄ちゃん！ 知ってる⁉ サスペンスドラマで『主人公じゃないのに主人公みたいに振る舞う人』って、たいてい殺されるんだよ！ ほらねっ！

＊

討伐団のメンバーが俺を含めて六人となったところで、ついに森を抜けて、断崖の上に建つ古城にたどり着いた。いかにも化け物が潜んでいそうな不気味なたたずまいに、クライヴがごくりと唾を飲み込む。

そりゃあ、何も知らなければビビッてしまうのは当然だ。アニメを知る俺ですら、異様な雰囲気に胸の動悸《どうき》が速まってるからな。

そんな中、メンバーたちの一歩前に出てきたのは美人弁護士のモーナだった。金髪ショートカットに切れ長の細い目、縁のないメガネ、スレンダーな体……いかにも切れ者といった風貌の彼女は、一点の曇りもない表情で言いきった。

「ふふ。断言する。今、この古城の中には化け物はいない！　だから恐れる必要なんてないわ！」

あまりにズバリと言いきった彼女に、思わず「ほう」と声が出てしまった。そして彼女は俺たちを見回した後、甲高い声で続けた。

「これまで死んでいった人たちを思い返してみたの。すると『とある共通点』が見つかったわ」

今の彼女は名探偵の気分なんだろうな。大げさな身振り手振りが見ていて痛々しい。

「共通点？」

クライヴが眉をひそめて問いかけると、モーナは小さな笑みを浮かべた。

「彼らは必ず『背中』から襲われている。つまり化け物は『私たちの前ではなく、背後からついてきている』ということになるわ」

「そうか！　となれば……」

「私たちの進む先である、この古城にはいない、ということ」

徐々にモーナの口調が弾んでいく。彼女のテンションに乗っかるようにして、ボブが陽気な声をあげた。

「つまりみんなで古城に入ってからすぐにカギを閉めてしまえば、化け物は入ってこれないっちゅうことか！」

「化け物さえ古城に入れなければ、僕たちの安全は確保できる!!」

クライヴが嬉々として言うと、モーナが頬を桃色に染めながら大きくうなずいた。そして高らかに宣言したのだった。

「私に解けない謎はない！」

まるで推理小説の主人公みたいな決めゼリフだ。あ、ちなみにお前らが締め出そうとしている化け物は、てくてくと歩いて古城の中に入っていきましたよー。

全員が館に入ったところで、

――ガッチャン。

モーナが扉を閉め、錠を下ろした。

「では他に扉がないか、確認してみましょう。それから窓にもカギをかけるの。さあ、みんなで手分けして完全な密室を作るのよ！」

うん、やはり古城に入ったとたんにモーナは主人公のつもりらしい。だが彼女がいくら頑張っても、クライヴの主人公ポジションは変わらないんだよな。

――『主人公じゃないのに主人公みたいに振る舞う人』って、たいてい殺されるんだよ！

ミカの言葉を信じれば、これ以上の目立った行動は彼女の頭上に死亡フラグを立てるきっかけになりかねない。当然そんなことに口を出すはずもなく、俺は彼女の指示に従って二階へと進んでいく。すると横に並んだアルメーヌがささやいてきた。

「モーナお姉ちゃんよりも、おじさんのほうが年上なのに、お姉ちゃんの言いなりだなんてカッコ悪いなぁ」

言うまでもなく挑発だ。乗るわけないだろ。

「カッコ悪くてけっこうだ。変なプライドを優先させて、化け物に殺されるくらいなら、泥水をすすってでも生き延びてやる」

「ふーん。そうなんだぁ」

「いいから、あっち行けよ。お前は一階のキッチンの担当だろ」

しっしと手で追い払うと、彼女はつまらなそうに下唇を出して背を向けた。

なんだ？　意外と素直だな。そして彼女はぼそりとつぶやいた。

「……おじさんは、見えてるんでしょ？」

ドクンと心臓が脈打つ。

「な、なにがだよ？」

俺は懸命にごまかそうとしたが声が裏返るのは抑えられなかった。アルメーヌがちらりと俺の顔を覗き込む。しかしそれ以上は追及しようとはせず、再び背を向けた。

「なんでそこまでして生きたいの？」

「はあ？　人間なら誰でも『生きたい』って思うのは当たり前だろ？」

「ふーん。私にはよく分かんないわ」

ことのほか湿った口調だな。調子が狂っちまうだろ。仕方ない。ここは冗談でも吹っ掛けて、怒らせてみるか。

「だったらお前は『死にたい』のか？」

アルメーヌはピタリと足を止めたが、こちらを振り返ろうとはしない。きっと怒りで打ち震えているんだろうな。さあ、いつでも罵声を浴びせてきやがれ。

しかし彼女の口から出た言葉は、さらに意外なものだった。

「それも分からないわ」

「はっ？」

あっけに取られているうちに、彼女は早足に一階へと消えていく。

「なんだよ。いったい……」

俺は彼女の小さな背中を見つめながら、胸のうちへわき上がってきたモヤモヤした気持ちに戸惑っていたのだった。

*

「これでこの古城は密室になったわけね！」

全員が集まったところで、モーナが高い声を上げた。真っ赤な絨毯《じゅうたん》の上に、どこまでも続く長いテーブルが置かれたこの部屋は食堂だ。

「ここを私たちの拠点としましょう」

相変わらず彼女が仕切っているが、クライヴをはじめ誰も口出ししようとしなかった。こういう異常事態の時は、誰かに指示されたほうが楽だからな。

「まずは、灯《あか》りの確保よ」

天井から吊《つ》り下《さ》げられた巨大なシャンデリアは使い物にならなそうだ。部屋の四隅に燭台《しょくだい》が置かれており、そのロウソクに火をともして、最低限の灯りを確保した。

「次にドアのカギを閉める。最後に、化け物が部屋に乱入してきた時の備えとして、みんな武器をテーブルに置いておきましょう」

万全の態勢を敷いたつもりなんだろうが、化け物はすでにこの部屋の中にいるんだよな。それを知っているのは俺とナタリア、そしてアルメーヌ本人だけだ。

俺はちらりとナタリアに視線をやった。すると彼女はニコリと微笑み返してきた。

ん？　なんだ？

彼女の笑みから今までのような嫌な感じがしないのはなぜだ？

……とにわかに困惑した時だった。

「ふふ……。ふははは！」

なんとモーナが大笑いを始めたのだ。そして彼女は懐に隠し持っていた銃を取り出して、俺たちに銃口を向けた。

「両手を上げなさい！　早く!!」

すさまじい剣幕だ。俺たちはわけも分からないまま彼女に従わざるを得ない。

「モーナ!?　冗談やめろって！」

ボブがヘラヘラして言うと、モーナは天井に向けて発砲した。耳をつんざく銃声に、さすがのボブも顔を引きつらせている。そして彼女はマシンガンのように早口でまくし立ててきたのだった。

「観念しなさい！　この中の誰かが化け物であることは分かってる！」

なるほど。この部屋を密室にしたのも、全員の武器をテーブルに並べさせたのも、すべては化け物を封じ込めるためだったってことか。さすがはやり手の弁護士さんだ。

彼女はプライドが異常に高く、勝利にこだわりすぎるところが欠点、と設定資料集には書いてあった。とある殺人事件の容疑者を担当した時に、圧倒的に不利であるとさとった彼女は、あろうことか町の自警団側の不正な取り調べをでっちあげた。それを厳しく追及して無罪を勝ち取ったのだが、その後、彼女の不正が暴かれたらしい。

つまり「負けるくらいなら手段を選ばぬ」という苛烈な性格が災いしたわけだが、それは今も変わっていないようだ。

「私に解けない謎はない!!」

そう高らかに宣言するのはいいが、果たして謎を解く暇をアルメーヌが与えてくれるのかね？

彼女の頭上には、すでに漆黒の死亡フラグがはためいている。これもアニメとまったく同じ展開だ。この後すぐにアルメーヌがモーナに襲いかかって、ついに彼女の正体がみんなに明かされるんだったたな。

「この中に化け物はいる！　もう逃げ場はないわ！　大人しく出てきなさい!!」

灯りは広い部屋の四隅にあるから、さすがのアルメーヌでも瞬時に全部を消すのは不可能だろう。いや、この世界ではさんざんやりたい放題やってきたから、本当にやりかねんな。ただそれをやれば自分の正体を明かすのも同然だし、このまま黙っていればモーナがアルメーヌの真相を暴くのは時間の問題だろう。

となると正体を明かしながらモーナに襲いかかるしかないわけだ。

さあ、どうするよ？

アルメーヌちゃん。

俺は口元にかすかな笑みを浮かべながら、アルメーヌをちらりと見た。

この時俺はすっかり油断していた。

そして忘れていたのだ。アルメーヌがもっとも殺したい相手は俺、イルッカであることを……。

彼女は顔を引きつらせた演技をしたまま、まったく動じていない。その様子にただならぬ悪寒を感じた。

いったい何を考えてやがる……。

すると彼女は一瞬だけ見せたのだ。見た者を震え上がらせるほどの冷たい微笑みを。

しまった!!

そう直感した時は、もう遅かった。

「モーナお姉ちゃん!!　実は私、化け物の正体を知ってるの!!　でも『口に出したら殺す』って脅されていて、ずっと言えなかったの!!」

名乗るどころか化け物を誰かになすりつけにきたか！

その相手は言うまでもない。

「それはイルッカおじさんだよ!!」

彼女は俺の顔を凝視してきた。みんなの注目も自然と俺に集まる。

「イルッカさん。あなたなの？」

モーナが穏やかな声で問いかけてきたが、目は血走ったまま。銃口もしっかりと俺の胸に向いている。ここにきてアルメーヌの策略が見事にはまったわけだ。

俺は自分の頭上を確認した。その瞬間に、全身から汗がぶわっと噴き出してきた。

なんと……。

死亡フラグが立っているじゃないか……。

■法則その22　死亡フラグが立っても冷静に行動しましょう

ついに俺の頭上に死亡フラグが立ってしまった。

「おいおい。待ってくれよ……」

思わず声が漏れるが、その後が続かない。俺がアルメーヌの罠にはまったのは……悔しいが、油断していた俺の落ち度だ。彼女の肩はかすかに震え、頬は紅潮している。本当は今すぐにでも俺に飛びかかりたいに違いない。しかし、もしアルメーヌが本性を現せば、俺の潔白は明らかとなり、その瞬間に死亡フラグはへし折られる。

彼女は死亡フラグが立っている者しか殺せないから、同時に俺の命は助かるだろう。つまり今俺の頭上にはためいている死亡フラグは、アルメーヌによって回収されることはない。

せめてもの救いか……。だが今までにないピンチであることには変わりない。

「さあ、答えて！　あなたが化け物なの⁉」

いよいよモーナの語調が強まってきた。もう時間がない。

俺に残された選択肢はなんだ？

（1）堂々とアルメーヌが化け物であることを告げる
（2）瞬時に動いてモーナから銃を取り上げる
（3）誰かに潔白を証明してもらう

この三つか。

まずは『（1）堂々とアルメーヌが化け物であることを告げる』。

しかし、残念ながら失敗に終わるだろうな。仲間のために武器も持たずに懸命に尽くしてきたアルメーヌと、まったく目立たずに何を考えているかよく分からないイルッカとでは、仲間たちからの信用が雲泥の差だ。どちらの言葉を信じるかなんて、誰がどう見ても明らか。つまり「無駄な悪あがき」でしかないわけだ。

次に『(2) 瞬時に動いてモーナから銃を取り上げる』はどうか。

これも失敗に終わるに違いない。首尾よくモーナの動きを封じたとしても、背後にはアルヴァンやボブがいる。そして俺が仲間に襲いかかったとなれば、アルメーヌが止めに入っても死亡フラグが折られることはない。となれば「たまたま当たり所が悪かった」とでも言い訳して、俺に容赦ない一撃を加えてくるだろう。ダメだ。絶対に殺されてしまう。

……となると『(3) 誰かに潔白を証明してもらう』しかない。

では、いったい誰が適任なのか。

クライヴ、ナタリア、モーナ、アルヴァン、ボブ、アルメーヌ。

チャンスは一度きりと考えるのが妥当だろう。そしてもはや考え込む時間はない。


——お兄ちゃん！　あきらめちゃダメだよ!!


脳裏に響くミカの声に励まされながら、俺は乾坤一擲《けんこんいってき》の大勝負に出た。

「モーナ!!　聞かせてほしい!!　お前さんの推理を!!」

そう……！　モーナだ！

自分の推理に絶対的な自信を持ち、プライドのかたまりのような彼女に真実を導いてもらうしかない！

「え、私の推理……」

「ああ、そうだ！　お前さんは多くの罪なき人を助けてきた！　そして今。お前さんの前にはイルッカという被告人がいる！　もしお前さんの導いた真実でも『イルッカが化け物』となったら、潔く俺は処刑台の上に立とうじゃねえか‼」

俺の必死な叫び声に、部屋がしんと静まり返った。モーナは苦しそうに顔を歪めている。あとは誰かが彼女の背中を押してさえくれればいい。

その役はもちろん……。主人公のクライヴしかいないだろ！

俺は期待を込めてクライヴを見た。彼もまた俺を見てくる。

そして二人の視線が交差した。

しかし次の瞬間……。

——スッ……。

なんとクライヴのほうから視線をそらしたではないか。

「なに……」

思わず声が漏れる……。

どういうことだ？　今までの彼なら中立を保って手を差し伸べてきたはずだ。なのになぜスルーしてきたんだ？

もしかしてアルメーヌに惚れてしまって、俺をこの場で始末しようとしているのか……？

いずれにせよ、クライヴに見限られたのは想定外だ。このままでは俺の提案が流れてしまう。

焦りと不安で叫びだしたくなるような心持ちに陥る。そんな中、意外な人物が助け舟を出してきたのであった。

「モーナ。一度だけイルッカにチャンスをあげてくれる？」

それはナタリアだった。

バカな……。混乱した俺に彼女は淡々とした口調で言った。

「助けてくれた時の借りを返しただけよ」

ナタリアの頬がかすかに赤く染まっている。熱はすっかり引いたはずなのにな。

にわかに信じられないが、これ以上深く考えても仕方ない。俺はモーナに視線を送った。その視線を受け取ったモーナは、仕方ないといった風に小首をかしげながら口を開いた。

「え、ええ。分かったわ……。じゃあ、やってみるわね」

よし！　これで首の皮一枚つながった。だがまだ死亡フラグは立ったままか。あとはモーナの推理にかけるしかない。

「……まず最初の殺人。ディートハルトさんについては、誰も互いの姿を確認していないから、犯人を絞るのは無理だわ」

ああ、その通りだな。

「次はペートルスさんの件。これでかなり絞れるわ。彼が殺された時、私たちは洞窟の外にいた。だから互いの姿を確認している。つまり、あの時に洞窟の中にいた人の誰かが犯人ってこと。確か、イルッカさん、クライヴさん、そしてアルメーヌさんの三人だったわね」

モーナは俺、クライヴ、アルメーヌを順に見た。そしてとある人物に目を止めたのである。

「アルメーヌさん。あの洞窟で何があったのか、教えてくださる？」

アルメーヌの顔に緊張が走った。

「も、もちろん」

「じゃあ話してくれる？　あの洞窟で何が起こったのかを」

さすがの化け物でも緊張しているらしい。愛しのクライヴに最後まで自分の正体を明かしたくないという純な乙女心なのか。彼女は一度深呼吸すると、ゆったりとした口調で言った。

「私はペートルスおじさんと並んで洞窟に入ったわ。私たちの後ろをクライヴお兄ちゃんと、イルッカおじさんが並んでついてきてた。しばらくして洞窟の中ほどの広場に出たの。そこで背後から誰かに襲われて、私はみんなから引き離された。その後、頭を何かで殴られて気を失ってしまったわ。次に気づいた時には、ナタリアお姉ちゃんたちが現れて、私を助けてくれたの」

実に完璧な証言だ。真実を知っていなければ、疑う者はいないだろう。

しかし……。この完璧と思われる証言によって流れが変わった――。

「異議ありっ‼」

まるで法廷バトルのゲームのようなモーナの声が響き渡った。同時に俺の頭上から、ついに死亡フラグが消えたのである。

――よっしゃあああ‼

心の中でガッツポーズを決める。それでも必死に平静を装いながら、俺はその場を見守ったのだった。

「アルメーヌさん、嘘はいけませんよ」

モーナの有無を言わせぬ口調に、アルメーヌの顔がにわかに引きつる。

「う、嘘なんてついてないもん！」

「いえ、あなたは少なくとも一つは嘘をついているわ」

「へ、へえ。な、なら私がどんな嘘をついてるか教えてよ」

「ええ、言われなくてもそうするつもりよ」

徐々に追い込まれていくアルメーヌと、追い込んでいくモーナ。実に痛快な展開だ。

「まず、あなたがさらわれたところだけど、背後から襲われたのは間違いないのよね？」

「え、ええ」

「あら？　じゃあ、なぜクライヴさんとイルッカさんはあなたを襲った化け物の姿を見てないのかしら？」

「そ、それはイルッカおじさんがクライヴお兄ちゃんを脅して口封じをしたからに決まってるわ！」

「いえ、それはないわ。なぜなら、クライヴさんの提案で、私たちは彼とイルッカさんの二つのチームに分かれたのだもの。もしイルッカさんが化け物だとしたら、彼の近くに仲間を押し付けるなんて非道な真似をクライヴさんがするかしら？」

「ううっ！　で、でも……」

「いいわ。では直接クライヴさんに聞いてみましょう。イルッカさんに脅されているのかって」

モーナがクライヴに向き合うと、みんなの視線も彼に集まる。彼は苦悶《くもん》の表情を浮かべて戸惑いをあらわにした。

そりゃそうだよな。信頼を寄せている美少女が「嘘つき」呼ばわりされて、追い詰められているんだ。しかも本当のことを言えば、ますます彼女の立場は悪くなる。かと言って嘘をつけば、自分が「非道」の烙印を押されてしまうからな。

行くも地獄、戻るも地獄といった心持ちだろう。だが苦しんでいるのは彼だけではない。

そんな彼を見て苦しむ者が二人いるはず。言わずもがな、ナタリアとアルメーヌだ。

だが意外なことにナタリアに焦っている様子はなく、彼をかばうつもりはなさそうだ。アルメーヌのほうが声をあげた。

「そ、そうだ！　思い出した！　私はイルッカおじさんに襲われたわけじゃなかった！　何かに襲われる気配がしたから、とっさに身を隠したのよ‼　そしたら足をすべらせて転んで、頭を打って気絶してたの！　そうだわ！」

苦しい言い訳だな。当然、モーナの厳しい表情は変わらない。そしてついに決定的なことをつきつけたのであった。

「そう。思い出してくれてありがとう。となると、あなたを襲ったのはイルッカさんではない、別に犯人がいるということになるわね。じゃあ、ペートルスさんを殺したのは誰なのかしら？　クライヴさんでもない、イルッカさんでもない、そしてアルメーヌさんでもないとすると、化け物は私たち以外の誰かということになるけど」

「そ、それは……。私は知らないもん！」

「そしてもし私たち以外の誰か、となれば、なぜあなたはついさっき『イルッカさんに脅されている』と嘘を言ったの？　まるでイルッカさんを罠にはめて殺したいみたい」

「ぐっ……」

モーナの銃口がアルメーヌをとらえる。アルヴァンとボブの二人も、じりじりと彼女から距離を取り始めた。

ついに正体が明かされる時か……。俺はクライヴのそばから離れずにいよう。こういう時も基本に忠実がベストだからな。

そして意外な人物からアルメーヌの正体が明かされたのであった――。

「アルメーヌちゃん。もうあきらめなさい。これ以上は隠しきれないわ」

それはナタリアだった……。

■法則その23　『化け物を倒したつもりで勝利を喜んだ人』は殺される

――ねえ、お兄ちゃん！　知ってる⁉

ホラー映画で『化け物を倒したつもりで勝利を喜んだ人』は必ず殺されるんだよ！　最後まで気を抜いたらダメってことだね！　ホラー映画は人生の教訓を教えてくれるものだね。

——そうだな。ミカも最後まで気を抜くんじゃないぞ。

——はぁい！　最後までよろしくね！　お兄ちゃん！

＊

「アルメーヌちゃん。もうあきらめなさい」

俺が生き延びたことで、アルメーヌのこざかしい謀略とモーナの独演というアニメとはまったく違った展開が待っていた。それだけでもじゅうぶんに驚きだったが、まさかナタリアがアルメーヌを裏切るとは……。いったい二人の間に何があったんだ？

しかし考えている暇などなさそうだ。

「くくく……。ははは！」

化け物にありがちな高笑いをしたアルメーヌ。目は赤く光り、口は大きく裂けている。

おお、まさにヴァンパイアって感じだな。

「あわわわ……」

いつもは威勢のいいボブが、膝を震わせながら俺にしがみついてきた。暑苦しいからやめてほしいのだが、彼の反応こそが普通なんだろうな。仕方ないから俺も怖がってる振りだけしておくか。

「まじかよ……。怖いな」

すごく不自然なセリフしか浮かばなかったが、この状況で不審に思っている者はいなそうだな。

結果オーライってやつだ。一方のモーナはというと、怯むことなくアルメーヌに対峙《たいじ》している。

この期に及んでも主人公気分は変わらないらしい。

「ついに正体を現したわね！　覚悟しなさい‼」

――パンッ！　パンッ！　パンッ！

彼女は三発発砲した。しかし銃弾はアルメーヌに届くことなく、むなしく床に散らばる。

「な、なに……」

どんなに優秀な彼女の辞書にも『化け物に銃は通じない』ということは書かれていないようだ。

――パンッ！　パンッ！　パンッ！

彼女はあきらめずに何発も発砲したが、アルメーヌには当たらない。その間に、アルメーヌはゆらりゆらりと体を揺らしながらモーナに近寄っていく。

「くくく。無駄だって、まだ分からないの？　偉そうなことをベラベラしゃべってた割には意外と頭悪いのね」

「く、来るな！　化け物め‼」

――パンッ！　……カチッ。

ついに弾が切れて万策尽きたモーナ。そこで助け舟を出したのはアルヴァンだった。

彼はテーブルに置いてあった巨大な銃を手に取ると、低い声で言った。

「……みんな、どけ」

モーナを除く全員がドアのほうへ逃げたと同時に、アルヴァンは銃をぶっ放した。

――ズドォォォン‼

モーナの拳銃による軽い発砲音とは比べ物にならないほどの轟音だ。アルメーヌの脇腹に大きな穴が開いた。だが彼女は不敵な笑みを崩さずに、ひたひたとモーナへ近づいていく。

「……ちっ」

短く舌打ちしたアルヴァンは素早く次の弾を装塡し、狙いを定めた。

「……吹き飛べ」

――ズドォォン‼

――ズシャッ‼

まるで高いところから熟れたトマトを落とした時のような音と共に、アルメーヌの頭部が吹き飛んだ。自然と彼女の足が止まり、しばらく沈黙が続く。そして静寂を破ったのはモーナの笑い声だった。

「はは……。やったわ……。ははは‼　みんな！　やったわよ！　ついに私たちの手で化け物を倒したんだわ！」

――『化け物を倒したつもりで勝利を喜んだ人』は必ず殺されるんだよ！

あーあ、ただでさえ死亡フラグが立っているのに、もう一本増やしてしまうとはな。

――ズドォォン‼

――ビタンッ！

アルヴァンがアルメーヌの右脚を根元から撃ち抜き、支えを失った彼女が床にうつ伏せになって倒れる。それを見たモーナがくるりと振り返ってアルヴァンにキラキラした目を向けた。

「ありがとう！　アルヴァンさん！　あなたは私の命の恩人だわ！」

……と、その時だった……。

——ズリ……。ズリ……。

部屋の中に響く、何かを引きずる音……。

ゆっくりと振り返ったモーナ。直後に彼女の悲鳴が部屋を震わせた。

「きゃあああああ‼」

なんと胴体だけになったアルメーヌが、床を這《は》っているではないか。アニメでも同じシーンがあったが、こうしてリアルで見ると、ものすごく気持ち悪いな。

「そ、そんな……」

「……ちっ」

——ズドォォォン‼

——ズドォォォン‼

——ズドォォォン‼

アルヴァンが早撃ちで三発の銃弾をアルメーヌの胴体にぶち込む。ついに右腕だけになったアルメーヌだが、モーナに向けて一直線に進んでいた。

「……これで終わりだ」

――ズドォォン!!

残った右腕を吹き飛ばせば終わり……。

誰だってそう思うよな。でも、無理なんだよ。アルメーヌという不死のヴァンパイアを人間の武器で倒すことは――。

――パシッ！

いとも簡単に素手で銃弾をつかんだのだから、それまでクールだったアルヴァンですら目を丸くしたのも無理はない。最初からそれをやってくれれば、気持ち悪い光景を見なくて済んだのに、まったくアルメーヌという女は性格が悪い。

「なにぃ!?」

だが驚くのはまだ早い。直後には、アルメーヌの体が修復し始めたのだから……。

なぜか着ている服まで、みるみるうちに元通りになっていく。そして全員が唖然《あぜん》としているうちに、彼女はすっかり元の姿に戻ったのだった。

「あはは！　面白かったでしょ？」

全然面白くねえよ、ととっさに答えたくなったのをグッとこらえる。ここで場を乱す言動は死亡フラグにつながりかねないからな。空気を読むというのは、いかなる時も重要だ。

「あははは!!　みんな、いい顔してるねぇ！　あははは!!」

無邪気に笑うアルメーヌに、誰も言葉を発することができない。そうしていよいよ彼女はモーナのすぐ目の前までやってきた。

こうなったら仕方ないな。美女が目の前で殺されるシーンを見たくはない。俺は叫んだ。

「逃げろ‼」

本来ならばモーナが殺された直後にボブが叫ぶ言葉だったが、その役割を俺がいただいたわけだ。そしてクライヴの手を取って部屋を飛び出した。いかなる時も、俺は主人公のそばを離れないことを心に誓っている。

「イルッカさん……」

「何も言うな！　何も考えるな！　とにかく今は少しでもこの部屋から離れるんだ！　走れ‼」

あまりに信じられないものを目にして、完全に思考が止まっているクライヴを励ましながら、俺は全力で廊下を駆ける。

「ぎゃあああ！　助けてぇぇぇぇ‼」

背後で響くモーナの断末魔の叫び声を耳にしながら、この先のことを考えていた。

これであと五人か。ここまでくると『主人公』や『ヒロイン』といった属性がなく、『冴えないモブ男』なのは大きなビハインドだ。しかし俺にはミカがいる。彼女との日々が間違っていなかったことを証明できれば、絶対に生き延びることができるはずだ。

そうだよな？

ミカ。俺はお前を信じてるぜ。

■法則その24　『自分から積極的に行動した人』は生き残る

――お兄ちゃん！　知ってる!?

死亡フラグが立ってないのに殺されちゃう人もいるの！　でもそれって、たいていは『陰謀』に巻き込まれた人なんだよ。

――陰謀？　なんだそりゃ？

――陰謀は悪いヤツが隠れてコソコソやってるってこと！

――なるほど。

――うん！　だから最後まで生き延びる人って、ちょっとしたヒントも見過ごさずに、自分から積極的に行動した人なんだよ！

そうだったな。ミカ。

だからお前は行動し続けた。『死亡フラグ』を研究し、俺に教えること。

それがミカにとっての行動だったんだよな。

俺はお前のことを信じる。そして俺も行動し続けるんだ。

かつてかわした約束を守るために――。

＊

ついにアルメーヌが正体を明かした。モーナが彼女の餌食になっているうちに逃げ出した俺たちは、古城を飛び出した。

「古城の隣に立っている監獄塔は入口が一ヵ所しかない！　出入口さえふさいでしまえば、そう簡単に侵入することはできない!!」

そうクライヴが叫んだからだ。

……もちろんそんなことはなく、俺たちのうちの誰かに死亡フラグが立てば、アルメーヌはたとえレンガの壁をぶち抜いてでも駆けつけてくるんだがな。

断崖絶壁の上に立つ監獄塔。それを目の前にして、俺は感慨深くつぶやいた。

「いよいよ物語はクライマックスってことか……」

本来ならば、クライヴ、ナタリア、ボブ、アルヴァンの四人で立てこもるはずだった。しかし今は俺、イルッカも含まれている。もしこのシーンがアニメで放映されていたとしたら、画面の向こうにいるミカはこう言ってくれるだろうか。

――この中で生き残るのはイルッカだね！

と。

俺たちは一団となって監獄塔へ飛び込む。一番後ろにいたアルヴァンが入ったところで、ボブが急いで扉のカギを閉めた。そしてアルメーヌが追ってくる気配がないのを確認した後、俺たちは入口からほど近い小部屋で荒れた呼吸を整えたのだった。

「はぁはぁ……。と、ところでナタリアは、どうしてアルメーヌのことを黙ってたんだよ」

ボブがしかめっ面で口を尖らせるのも無理はない。ある意味で裏切り行為に近いからな。しかしナタリアは悪びれる様子もなく答えた。

「そりゃあもちろん、脅されてたからよ」

脅されていただと？　アルメーヌと結託して邪魔者たちを排除してたじゃねえか。

もっとも、それをここで追及しても何の意味もない。むしろ逆恨みを買って、何をされるか分かったものじゃないからな。沈黙がベストだ。

「脅されてた……？　アルメーヌに？　そんな馬鹿な」

クライヴが顔に暗い影を落とす。彼にしてみれば惚れた相手が『化け物』だったという事実が受け入れがたいのだろうな。そんな彼に冷ややかな視線を浴びせながらナタリアは続けた。

「馬鹿なのは、あんたたちよ。見た目がちょっと可愛らしいからって、すぐに信用しちゃって」

ん？　明らかにトゲがある言い方だな。

まさかとは思うが、ナタリアのクライヴに対する気持ちはもう冷めてしまったのか？

まあ、この期に及んで主人公とヒロインの間に何があったのか、なんて知る必要はない。とにかく生き延びるためのヒントをつかむのだ。

――最後まで生き延びる人って、ちょっとしたヒントも見過ごさずに、自分から積極的に行動した人なんだよ！

というミカの言葉を信じて……。

「いったいどうしたらいいんだよ‼　頭や体をぶっ飛ばされても死なない相手にかなうはずがねぇだろーがよ！」

ボブが頭を抱えながら悲痛な叫び声をあげると、アルヴァンがたしなめた。

「……落ち着くんだ、ボブ」

しかしボブにとっては焼け石に水だったようだ。さらにヒートアップして声を響かせる。

「落ち着いてられるかよぉ！　もう終わりだ！　終わりなんだ！」

「……そうか？　だったらなぜ今までアルメーヌは俺たちを殺さなかった？　いつでもチャンスはあったはずだ」

アルヴァンにしては長いセリフ。しかもモーナを彷彿《ほうふつ》とさせる的確な推理だ。これにはボブも目を大きくした。

「へ？　た、確かに……。な、ナタリア！　知ってるなら話してくれ！　なぜあの化け物は俺たちを殺さなかったんだ⁉」

ボブの矛先がアルヴァンからナタリアに変わる。ナタリアは鬱陶しそうな顔で答えた。

「殺さなかった、のではなくて、殺せなかったのよ」

「殺せなかった……」

ボブはにわかに状況が飲み込めないようだ。あごに手を当てて考え込んでいる彼から一歩だけ離れたナタリアは、淡々とした口調で続けた。

「彼女が殺せるのは、『黒い旗』を頭上に立てた人だけ。でも、その『黒い旗』は彼女しか見ることができないの」

ちなみに俺にも見えるのだが、それをここで言う必要はない。俺はうつむき加減で黙ったまま、場を見守っていた。

「黒い旗？　なんだそれ？」

「さあ……。私にもよく分からないわ」

そりゃそうだろ。『死亡フラグ』なんて単語がこの世界にあるとは思えないからな。

「でも察するに、『殺せる条件が整った人』に、その旗が立つようなの」

「その条件って、何なんだ？」

「さあ……。そこまでは知らない」

「はあ!?　それじゃあ、意味ないじゃんか！」

今度は顔を赤くするボブ。何かあるたびに顔色を変えるとは、なんてせわしない男なんだ。彼が再びナタリアに詰め寄ったところで、それまで黙っていたクライヴが口を開いた。

「いや、意味はあると思う」

全員の視線が彼に集まる。そしてボブがクライヴに問いかけた。

「どういう意味があるんだ？」

「殺す条件が揃《そろ》わなければ、彼女は僕たちを殺せない。つまりここで大人しくしていれば、僕たちの命は助かる見込みがあるということだ」

「こんなところで、化け物に怯えながら一生を過ごせっちゅうのか⁉　そんなのごめんだ！」

「いや、町から増援を送ってもらうことになってるじゃないか。人が増えれば何か手立てができるはずさ！」

こいつは驚いた。本気で町から増援が来ると思っているのか？

唖然としたのもつかの間、ナタリアの笑い声が部屋に響いた。

「ははは！　クライヴって、どこまでおめでたい人なの？　ははは！」

温厚なクライヴであっても、彼女の嘲笑には腹を立てたようだ。

「どういう意味だ？」

「来るわけないでしょ？　増援なんか。バカじゃないの。ははは！」

「そんなのまだ分からないじゃないか！　信じて待っていればきっと……」

「きっと、なに？　まさかアルメーヌが本当に増援を呼んだとでも思っているの？　あいつは化け物。人間の敵よ。仮に町に戻っていたとしても、それは増援を呼ぶためじゃなくて、人を殺すためだわ」

「違う！　彼女はれっきとした人だよ！　彼女が僕たちの仲間を殺さなくてはいけない理由がある

はずだ！」

「理由？　ふふ。知りたいの？　彼女が私たちを殺す理由を」

ナタリアの言葉にボブが食いついた。

「知ってんのか⁉　なんで早く言わない！」

「なんでって言われても。あんたたちが聞かなかったからでしょ」

「だーっ！　屁理屈《へりくつ》はいいから、早く教えてくれ！　アルメーヌが俺たちを殺す理由を」

ナタリアはボブからクライヴへ視線を移した後、語気を強めて言ったのだった。

「永遠の愛を誓う相手を探すためよ」

場がしんと静まり返る。ナタリアはそんな沈黙を嫌うように俺に話をふってきた。

「イルッカ。あんたは聞いてたわよね」

俺はため息交じりに答えた。

「まあな」

クールで無表情なアルヴァンですら、口を半開きにしている。

そして、

「ギャハハハ！　永遠の愛って。俺でも思いつかん冗談だぜ！　ギャハハハ！」

ボブが腹を抱えて大笑いした。ナタリアの口元もわずかに緩む。

「ふふ。そうよね。ふざけた理由よね。彼女いわく、最後まで生き残った人間こそ、自分と永遠の愛を誓い合うにふさわしい『強い人』なんだそうよ。その者の生き血をすべて吸えば、その者は死んだ後にヴァンパイアとしてよみがえるんだってさ」

「ギャハハハ！　強い人だぁ⁉　永遠の愛を誓い合うだぁ⁉　死んだ後によみがえるだぁ⁉」

ボブが顔を真っ赤にさせて笑い転げる。しかしばらくした後、彼は険しい表情になって怒声をあげた。

「ふざけるなぁぁ‼　そんなくだらねぇことで命をもてあそびやがって‼　俺はおりる！　まともに相手するのも腹立たしいわ‼」

大股でその場から立ち去り始めるボブ。その背中にナタリアが冷たい声を浴びせた。

「あんた、本気で抜けられると思ってるの？」

ボブの足がピタリと止まる。ナタリアは色のない調子で続けた。

「どうせ最後の一人になれる自信がないから逃げ出したいだけなんでしょ？」

「な、なんだと……？　てめぇ、さっきからずいぶんとイラつかせてくれるじゃねぇか」

「殺されるのが怖くて怖くてしょうがない。でも、逃げようとしても逃げられない。だからイラついてるんでしょ。八つ当たりはやめなさいよ。余計にみじめになるわよ」

まさに正論。ぐうの音も出ない、とはこのことだろう。ボブは黙ったまま、部屋の中ほどに戻ってきた。

「あら？　抜けなくていいの？　抜けてくれれば、脱落だったのに」

「うるせぇ！　こう見えても、俺はしぶといんだよ！」

結果的にナタリアはボブの命を救ったわけだ。アニメ版ではクライヴが彼を説得したと記憶していたが、ナタリアの心境に何か変化があったのだろうか。『白い洞窟』では自分が生き残ることだけを考えていたようだったが、今は違うのか？

「……全員で生き延びる方法を探る」

アルヴァンが重い口を開く。ボブがコクリとうなずき、彼の意見に賛同した。

「とにかく余計な行動を慎むことね。時間が経てば、何か変わるかもしれないし」

やはりナタリアもここにいるメンバー全員で生き残ることを望んでいるようだな。

ちらりと彼女が俺に目配せをした。俺は何の合図か分からずに、ただ眉をひそめる。すると彼女はわざとらしく大きな声をあげた。

「無事に町に戻れたらさ。一緒に祝杯をあげようね」

明らかにキャラが変わっているが、俺には彼女の心中をまったく察することができない。彼女が小さなため息を漏らしているうちに、ボブがメンバーの輪の中に戻ってきた。

「こうなりゃ、ここにいる全員が一蓮托生《いちれんたくしょう》だぜ！　裏切りはなしだからな！」

ここまではアニメとまったく同じ展開だ。となるとこの後は、俺とミカをテレビの前に釘付《くぎづ》けにしたクライマックスが待ち受けていることになる。

だが……。どうも『何か』が引っ掛かる……。

それはなんだ？

すごいことを見落としているように思えてならないのだ。

思い返せ。これまでのことを。俺は自分にそう言い聞かせた。

俺は『死亡フラグが立ったら絶対に殺されるアニメの世界』にやってきた。そこでアルメーヌという不死のヴァンパイアと出会った。彼女から執拗《しつよう》に死亡フラグを立てられそうになるのをどうにかかわしながらここまでやってきた。

……ここまでの俺とアルメーヌの道のりに違和感はない。

だったら何が引っ掛かっているというのだ。いくら思い返しても、アルメーヌの憎たらしい笑顔と悔しがる顔しか頭に浮かばないじゃないか。

……ん？　待てよ。

違和感の正体が、『俺とアルメーヌの道のり』ではなく『他のメンバー』だとしたらどうか……。

俺ははっとして顔を上げた。急いで全員の目を見回す。そして、とある人物の目を見た時に、雷が落ちたかのような衝撃を覚えたのである。同時に浮かんできたのはミカの言葉だった。

――死亡フラグが立ってないのに殺されちゃう人もいるの！　でもそれって、たいていは『陰謀』に巻き込まれた人なんだよ。

俺は自然とあとずさり、気づけば四人から距離を取っていた。

「そうか……そういうことだったのか……」

俺はようやく気づいたのだ。三年前にミカと一緒に観たアニメのクライマックスの真相に……。

つまり俺たちアニメの視聴者は、すべてだまされていたのだ。アニメ『キープ・キリング』の世界に――。

■法則その25 『陰謀』に巻き込まれた人は死亡フラグなしで殺される

俺は自分の考えが正しいことを裏付けるために、ミカと一緒に観たアニメのクライマックスを思い起こした。

――監獄塔に立てこもった四人にアルメーヌが襲いかかった。彼らは『アルメーヌ』の手によって、次々と殺された。そしてついに生き残りはクライヴだけになった。

このシーンを見た時に、俺たちはちょっとした違和感を抱いていたのは確かだ。

『三人が殺されたシーンがよく見えなかった』

『最後の三人は死亡フラグすら見えなかった』

これらは疾走感のあるシーンの演出の一つだとばかり思っていたんだ。しかし、実際は違っていたとしたら……。

『死亡フラグが見えなかったのではなく、死亡フラグが立っていなかった』

『三人が殺されたシーンがよく見えなかったのは、何者かの犯行を巧みに隠すためだった』

としたならばどうか。思い出されるのはミカの言葉だ。

――死亡フラグが立ってないのに殺されちゃう人もいるの！　でもそれって、たいていは『陰謀』に巻き込まれた人なんだよ。

そう……。つまりアルヴァン、ボブ、ナタリアが殺されたのは『陰謀』だった。

――陰謀は悪いヤツが隠れてコソコソやってるってこと！

死亡フラグの立っていない彼らに手を下す『悪いヤツ』の正体は……。

主人公、クライヴだ。

つまり、あのクライマックスの真相はこうだったのだ。

――監獄塔に立てこもった四人にアルメーヌが襲いかかった。彼らは『クライヴ』の手によって、次々と殺された。そしてついに生き残りはクライヴだけになった。

＊

思い返せば最初に殺されたディートハルトと俺は、こんな会話を交わしていた。

――なあディートハルト。お前さんは仲間の中に化け物がいるって、『誰か』に吹き込まれたんじゃねえだろうな？

――えっ⁉　なんで分かったんだ⁉

――……やっぱりそうだったか……。分かった。じゃあ、明日の早朝にそいつを連れてこい。そしたら信じてやる。

――……ああ、分かった。そうしよう。

この時の『誰か』とは、てっきりアルメーヌ自身のことだと思っていた。しかし実際はクライヴだったに違いない。彼はディートハルトに俺、イルッカも誘うように伝えていた。すなわちクライヴは真っ先に俺を殺したかったということか。

『白い洞窟』でメンバーを二つに分けたのは、ナタリアとアルメーヌを組ませて、洞窟内でメンバーたちを死へ追いやるため。となるとナタリアには事前に自分が黒幕であることは伝えてあったんだろうな。アルメーヌが正体を暴露しナタリアとつながるのも彼の想定内だったに違いない。さらに言えば、自分のいないところで犯行が起これば、自分に疑いの目が向けられる心配はないからな。実に狡猾《こうかつ》なヤツだ。

そして彼には『絶対に生かしておきたい者たち』がいた。彼らを自分のそばに置くことで、死亡フラグを立てさせないようにしていたのだ。それはここにいる二人。さらに真相を話した相手といえば……。

アルヴァン、ボブ、ナタリアの三人だ。

では、なぜクライヴは彼らを最後まで生かしておき、自分の手で殺したいのか。そこまでは分からない。

しかしはっきりしているのは、ここまでのことはアルメーヌの協力なくしては成しえない。つまり彼は最初からアルメーヌとつながっていた。

アルメーヌが永遠の愛を誓う相手は、最初からクライヴに決まっていたということだ。


「これからどうするよ？」

ボブがみんなを見渡しながら大声で問いかけた。当然彼らの視線はリーダーのクライヴに集まっていく。

まずいぞ。

このままアニメと同じ展開になれば、クライヴの思うつぼだ。あまり目立ちたくないが仕方ない。俺はクライヴの背後から声をあげた。

「その前に確認しておきたいことがある」

メンバーたちの視線が集まったところで、俺は続けた。

「みんなの扱う『武器』を確認させてほしい。いざとなった時の戦い方を考える上で大事なことだからな」

こういうシチュエーションは『元剣闘士』という肩書が役に立つ。実際には、クライヴがあのシーンでどうやってメンバーたちを死へ追いやったのか確認しておきたいだけだ。そして俺は自分から答えた。

「ちなみに俺はこの弓と短剣だ」

「……俺は銃」

「私は短剣よ」

「俺は小型のハンマーだ」

アルヴァン、ナタリア、ボブの順で答えが出てくる。そしてついにお目当てのクライヴの番だ。彼は腰に取り付けた小型のポーチから、数本の細いナイフを取り出したのだった。

「僕は『投げナイフ』。刃に猛毒が塗ってあるから、たとえクマでもかすり傷を負わせただけで、数秒で倒せる。でも化け物には通用しないよね……」

なるほど。主人公にしては地味すぎるが、油断した仲間たちを一撃で殺すにはベストな武器だ。同時に彼に目をつけられたら、死を回避するのが不可能であることも理解できた。自分の欲望のためなら確実に邪魔者を排除するクライヴを前にすれば、死亡フラグの立った相手しか殺さないアルメーヌが可愛く思えるから不思議なものだ。

「……俺、イルッカ、クライヴの三人で足止めする。隙をついてナタリアとボブが突撃……。そんなところか？」

アルヴァンがぼそりと言った。正直、戦い方なんてどうでもいい。だが全員の視線が俺に集中しているから、何か答えないわけにはいかない。

「あ、ああ。そうだな」

生返事でごまかして、その場をやり過ごした。さて、これ以上の余計なおしゃべりはできなそうだ。これまでは『死亡フラグ』を回避することが目的だったが、今回は『殺人鬼』からの回避が目的。だからミカの助けは借りられない。自分の選択を信じるしかない。

では、俺の取れる選択肢はなにか。

(1) 戦う
(2) 逃げる
(3) 死ぬ

実にシンプルなものばかりだな。だがもう腹をくくるしかない。ここが最後の大勝負。

ミカ……。

ベッドの中から感じてくれよ。

俺がお前との約束を守るところを——。

■法則その26　主人公と化け物に狙われたらゲームオーバー

俺はミカに内緒にしていることがある。それはとある研究をしていることだ。

その研究の成果が今、俺自身で試されようとしているとは——。

*

殺人鬼と化したクライヴを前にして、俺に与えられた三つの選択肢。

（1）戦う
（2）逃げる
（3）死ぬ

まず（1）だが、相手はかすり傷を負わせただけで相手を即死させるような武器を持っている。それにここまでくれば彼の警戒心も相当高いはずだ。たとえ背中から襲いかかろうとも、意表をつくこともできずに返り討ちにあってしまうだろう。

次に（2）はどうか。仮にこの場を脱出できたところで、『死亡フラグ』が立つのは避けられないだろう。となればクライヴではなく、アルメーヌに殺されるのが落ちだ。

つまり俺が取るべき行動は、もう一つしかないじゃないか……。

そう……。『死』だ。

誰かに殺されるくらいなら自分で死ね、ということか。ここにいないアルメーヌがニタニタ笑いながら俺を見ている気がしてならない。

ああ、悔しいな……。

しかしここでジタバタしようものなら、かえって悪い結果を早く招くことは、今までの経験でよく分かっているつもりだ。それに自分でもここまでよく生き残れたと感心している。だって本来ならばアニメの序盤で殺されるキャラなんだぜ。クライマックスシーンである監獄塔に両足で立っているだけでも奇跡ってやつさ。

いや……。奇跡なんて言ったらミカに叱られるな。

これまでのことはすべて彼女のひたむきな努力のおかげだ。奇跡でも偶然でもなく必然だったんだ。

――お兄ちゃん！　ここまでよく頑張ったね！

ミカは優しいから、そう言ってくれるかな。じゃあ、腹決めるとするか。

このくそったれなアニメの世界で行う最後の決断を――。

「くくく……」

「イルッカ？」

俺の漏らした笑い声を不審に思ったナタリアが眉をひそめる。しかし俺はこの笑えない状況で笑いを浮かべた理由を答えなかった。

その代わり、

――ダダッ!!

部屋のドアめがけて駆け出したのである。それは塔の出入口とは逆側、つまり塔の中へと続くドアだった。

「イルッカ⁉」

背後からナタリアの声が聞こえてきたが、当然振り向かない。

――バンッ‼

勢いよくドアを開けて部屋を飛び出した俺は、塔の中心にある螺旋《らせん》階段を一気に駆け上がっていった。

革靴の底が石段を叩く音が壁に反響し、背後から迫る四つの足音と絡み合う。

そのバラバラのテンポで耳障りな高音が、俺の心と足を急《せ》かす原動力だった。

「待てよ！　どうしたんだ⁉　急に！」

ボブの問いかけに、胸の内で「俺は俺の信じる選択をしただけだ」と答える。そんなことを言うものなら「あいつはついにおかしくなってしまったのか」と疑われるだろう。今となってはそれでもよかったのだが、あいにく言葉を発することができるほどの余裕が俺の心臓、そして肺、喉、口の一本道には残されていない。それらは新鮮な酸素と使い古しの二酸化炭素を循環させるだけで精いっぱいだからだ。

一段飛ばしする両足の太ももに乳酸がたまっていき、ちょっとでも油断すれば止まってしまいそうになる。噴き出した額の汗は雫《しずく》となって落ち、視界をぼやけさせていた。

それでも俺は止まらない。まさに上昇気流のように塔の屋上めがけて突き進んでいった。

そうして……。

——バンッ！

再び勢いよくドアを開けたとたんに、ぬるい夏の夜風が顔に吹き付けてきた。フラフラとした足取りで屋上の縁のほうへ進んでいく。

断崖絶壁の上に立つ監獄塔。崖の下は黒い海がうねりを上げている。

「イルッカ‼　何をするつもりだ⁉」

アルヴァンの声が背中に突き刺さった。

そして俺は自分の選んだ選択肢を高らかに告げたのだった。


「俺は『死』を選ぶ！」


想定の範疇《はんちゅう》をはるかに超越した言葉だったのだろう。四人は声を失い、ただ俺を凝視している。かすかに聞こえてくる波の音だけが場を支配していた。

そんな中、俺が縁に立ったところで、ようやくナタリアが声を絞り出した。

「イルッカ……。バカな真似はやめて」

彼女の大きな瞳から大粒の涙がこぼれている。もしかしたら彼女のクライヴに対する気持ちが冷めたのは、俺のせいかもしれないな。脳裏に浮かんだ下世話な憶測を振り払ったところで、あらかじめ用意しておいた言い分を並べた。

「アルヴァンの銃ですら通じない相手なんだぜ。どうやっても生き延びるのは無理だ。それに万が一、一人で生き残ってしまったら、あの化け物に永遠の愛を誓わなくちゃなんねえ。そんなのまっぴらごめんだ。ならば自分の命くらいは自分の手で始末すると決めたのさ。それくらいのわがままは許されてもいいはずだ」

もっともらしい理屈に、再び彼らは黙り込んでしまった。さっきからクライヴの声がいっさい聞こえてこないのは、「むしろ自分から死んでくれてラッキー」と心の中でほくそ笑んでいるからだろうな。だから俺は最後にこう言ってやったのさ。

「クライヴ!! 妹のセルマを裏切るようなことはしないと、約束してくれ! じゃないと死ぬに死にきれねえんだ!」

目を大きく見開いたクライヴは、俺の剣幕に気おされるように小さくうなずいた。俺はニヤリと口角を上げた。

「約束したぜ……。破ったらタダじゃおかねえからな」

その言葉が終わるか終わらないうちに、思いっきり崖の下へ向かって飛び降りた。

「いやあああああ!!」

ナタリアの金切り声を聞きながら、俺は漆黒の海へ吸い込まれていく。

これで俺は死んだことになるだろう。あとは信じるしかないな。

アニメ『キープ・キリング』の世界のことを――。

第2部　キープ・キリング

■僕の物語　序章・第1話　『運命の出会い』

僕の名はクライヴ。

小さな町の領主の息子に生まれ育った。王都にある王立学校を卒業した後、僕は町に戻るとセルマという美しい女性と恋に落ちた。そして彼女を婚約者として認めてもらい、結婚後は父から町の領主を引き継ぐことになったのである。

まさに順風満帆の人生。

でも時が経つにつれて、僕の心の中にモヤモヤしたものがわいてきたんだ。

——このまま何もない、平坦《へいたん》な人生のまま終わっていいのか。

と。

王都から遠く離れた辺境の町。気立てはいいが、たいした出自ではない婚約者。貧しくはないが、遊んで暮らせるほどの大金持ちでもない。かと言って近い将来僕が就任する領主の仕事は、町の陳情が記された書類にハンコを押すだけで、あとは長老や町民たちが勝手に問題を解決してくれる。僕は大きな出世も見込めず、周囲から与えられたものだけで平穏に暮らしながら、いつしか死んでいくのだろう。

こんな人生でいいのだろうか。

夜を迎えるたびに、自問自答してきた。そしてそのたびに、少しずつ……ほんの少しずつ、不安と焦りの芽は大きくなっていったんだ。

——僕はこんなもんじゃない……。

そりゃあ、少しだけ臆病なところはある。でも、学校の成績は優秀だったし、運動や剣術だってこなせる。性格は穏やかで、見た目も悪くない。こんな僕が辺境の町でひっそりと一生を終えるなんて、もったいない。僕ならば、華やかな王都で華麗に活躍できるはず。そして王様に認められて王女様を娶《めと》ることだって夢じゃない。つまり僕はこう願うようになっていった。

——僕だって『主人公』になりたい！

と……。

そして婚約者のセルマとの結婚式まであと数日となったある晩のこと。僕の前にアルメーヌが現れたんだ。

「あはは！　私と一緒に作らない？　あなたが『主人公』の物語を」

最初は彼女が何を言っているのか、まったく理解できなかったさ。でも彼女は一人で続けた。

「私は不死のヴァンパイア。永遠の愛を誓い合う相手を探しているの」

「永遠の愛？」

「そうよ。私と永遠の愛を誓い合った人は、私と運命を共にする。つまり私と同じ、不死のヴァンパイアになれるってこと」

それを耳にした瞬間に、僕の心臓が大きく脈打つのを感じた。僕の興奮が伝わったのだろうか。彼女は少しだけ早口になって続けてきたんだ。

「私と一緒に何もかも壊してしまいましょう。この町も、この国も……この世界も。そうすればあなたはこの世界の『主人公』になれる」

「僕がこの世界の主人公……」

「そうよ。どうかしら？　悪い話じゃないと思うの」

夢のような話じゃないか。だからにわかには信じることができず、彼女にこう告げたんだ。

「君を信じろというなら、僕にその力を示してほしい」

彼女は笑みを浮かべたまま、

「いいわよ。じゃあ、そこで待っていてちょうだい」

そう言い残して僕の前から立ち去った。そして数日が経ったが、彼女は現れなかった。

この時は、悪い冗談だったのだろうとばかり思っていたよ。でも町で猟奇的な殺人が相次いだ後、彼女は再び僕の前に現れた。なんとその両手に、死んだ女性たちの腕を持って……。

「信じてくれた？」

僕は無言で首を縦に振らざるを得なかった。でもそれは血のしたたる腕に恐怖を覚えたからではなくて、これから起こることへの底知れぬ興奮で言葉を失ってしまっただけだったんだ。そして彼女は続けた。

「この町から二十人の人間が旅をする。町の人を襲った化け物の討伐団ってことでいいんじゃないかしら。あなたはそのうちの一人よ。そして黒い森を抜けた先の古城で、あなたは最後の一人まで生き延びることになるの。そこでようやく、私とあなたは永遠の愛を誓い合うのよ」

「意外と面倒くさいんだな」

「あは。太古からの儀式だから仕方ないわ」

「分かったよ。じゃあ、注意すべき点を教えてくれるかい？」

「ええ。他のメンバーが全員死んだ後に、私があなたの生き血を吸わなくてはいけない。もし一人でも生き残っているうちに、あなたの生き血を吸ったならば、あなたはよみがえることなく死んでしまうわ。これは私でも『主人公』のあなたでも変えることができない鉄の掟よ」

「いいだろう。君が僕以外の人間を殺してくれるんだろう？」

「あはは！　そうよ。私が全員殺してあげる。『殺してもいい理由』を持った人間たちを」

「そうか。ならいい。もし君の手に負えなくなったら僕が手伝おう」

「あは。意外と冷酷なのね」

「ふふ。主人公になれるなら手段は選ばないってことさ。ところで、僕以外の十九人はどうやって選ぶんだい？」

「それは自由。だから、あなたにとって邪魔者を討伐団のメンバーとして選べばいいわ」

「ならば町の囚人たちから選ぶとしようか。さすがに何の罪もない人間を連れていくのは気が引けるからね」

「あら？　あなたが不死のヴァンパイアになったら、この町の人々の生き血を吸うつもりなんでしょう？　だったら誰を選んでも同じじゃない？」

「ははは。もしかしたら僕たちが旅に出ている間に、町民たちはこの町から離れることができるかもしれないじゃないか。これは僕から彼らに与えたチャンスだよ。幸運をつかんだ者は、僕の作る物語の中で生き延びることができるということさ」

「あは。まだ始まってもないのに、もう主人公気取りなのね」


こうして僕は他のメンバーを選び始めた。同時に僕たちが自然な成り行きで永遠の愛を誓えるように、ストーリーも練り上げていったんだ。そして最後の一人を選んだ時、アルメーヌは目を細めたのである。

「このイルッカって人……。善良な市民だそうね。なんで選んだの？」

「なぜって、君がさっき言ったばかりじゃないか。僕が不死のヴァンパイアになったあかつきには、この町の人々を一人残らず殺すって」

「そんな言い方ではなかったわ。……でも、まあ、当たらずとも遠からずってところね」

「もちろん僕の婚約者も殺すつもりだ。でも彼女の兄イルッカは元剣闘士。今はたまたま町にいるけど、いつどこに消えてもおかしくない。もし妹が殺されたのを他の町で知れば、後々に厄介なことを起こしかねないからね」

「つまりイルッカを確実に殺すためにメンバーに選んだってことね」

「そうだよ。だから君には何がなんでも彼を殺してほしいんだ。それから、もう一つだけわがままを言っていいかな？」

「ええ、もちろんよ」

「ナタリア、ボブ、アルヴァン。この三人だけは、最後まで生かしてほしい」

「ふぅん……。どうして？」

「ふふ。そんなの決まってるだろう。僕がこの手で殺したいからさ」

「あは。お楽しみは最後までとっておきたいってことね。いい趣味だわ」

「それはどうもありがとう。じゃあ、さっそく始めてくれるかい？」

「ええ。そうね」

「頼んだよ。まずは僕の父さんを殺すことからだ。彼にはね。殺されてもおかしくない理由があるんだよ。なぜなら家庭をかえりみず自分勝手に生きて、挙げ句の果てには愛人を作ったうえに、いらなくなった母さんを牢獄へ閉じ込めた、最低な男だからだ。母さんをさんざん苦しめた報いはしっかりと受けてもらわなくちゃね」

■僕の物語　序章・第2話『ゲームの始まり』

イルッカが塔の屋上から身投げした——。

僕《クライヴ》にとっては、まったくの想定外だった。想定外と言えば、そもそも序盤で姿を消すはずの彼が、ここまで生き延びていたことかな。アルメーヌのことをひらりひらりとかわし続ける姿は、まるで彼女がどんな手で彼を殺そうとしているか、先読みをしているように鮮やかだったさ。

そんな彼が、こうもあっさりとあきらめるとは……。僕にとっては幸運というより他はない。とにかくこのチャンスをなんとしても活かさねば。

僕はメンバーたちを引き連れて一階の元いた部屋へ戻った。

「ここにいる全員で生き延びるんだ！」

全員がまっすぐな目で僕を見つめている。

ふふふ。どうやら何の疑いも持っていないようだ。

ナタリア、ボブ、アルヴァン。この三人だけは絶対に僕の手で殺す。待ちわびていた瞬間がようやく訪れたことの興奮に包まれる。

僕はこれまで練り上げてきた計画を実行することにしたのだった。

「ここは監獄だから、いくつか部屋が分かれているはずだ。みんなで固まっているよりはバラバラのほうが、化け物も狙いを定めにくいだろう。だから別々の部屋で過ごそう！」

まずは一人ずつにする。さすがに全員を一度に相手するのはリスクが高すぎる。それに一人ずつ死に顔をしっかりと目に焼き付けておきたいからね。

「僕はここに残る。もし誰かが監獄塔に入ってきたら、すぐにみんなに報せるよ。だから僕が異変を報せるまでは、じっと部屋で待機していてほしいんだ！」

こう提案したのは、僕がアルメーヌをこっそり塔の中へ引き込むためだ。そして彼女に一人ずつ仲間を襲わせる。もちろん『殺す理由』のない仲間たちを彼女が殺せないのは分かっているが、仲間たちが彼女を目の前にしただけで気を動転させてしまうのは明らかだ。まさか僕に命を狙われているなんて、想像すらしないだろう。

「クライヴ……。お前っちゅー男は、なんて勇敢なヤツなんだ」

何も知らずにボブがそう言ってきた。そう言うお前はおめでたいヤツだ、と返してやりたかったがグッとこらえる。でもこみ上げてきた笑いだけは、どうしても抑えきれなかった。

「はは……。内心はビビりまくってるよ。本当ならばすぐにでも逃げ出したい。でも、みんなで生き延びたいからね。そう思うと、自分でも不思議なほど勇気がわいてくるんだ」

自分の本心とは真逆なことを口にする。

すぐにでも殺してやりたい……。

その衝動で震えが止まらない手を、彼らの前に差し出した。ナタリアが僕の右手をつかむ。

今までその汚れた手で何人もの男を手玉にとってきた彼女。きっと彼女は気づいていないだろうが、僕の家に仕えていた若い執事も彼女の毒牙にかかった男の一人だった。

彼は僕と同い年で、物心ついた頃から身の回りの世話をしてくれたり、遊び相手になってくれた。だから、彼は僕にとって、唯一の親友だ。とても優しくて、ピュアな男だった。

彼はナタリアにだまされて多額の借金を背負わされた。このままでは雇用主である父さんや僕に迷惑がかかるかもしれない。そう考えた彼は自ら命を絶ったのだ。

――絶対に許さない……。

僕が初めて他人に抱いた殺意。でも彼女は僕の気持ちに気づくことはおろか、僕の親友を死へ追いやったことすら忘れているんだろうな……。

だから今度は僕が彼女の気持ちを手玉に取ってやる。そう考えた僕は、最初の夜に彼女の寝込みを襲った。

――ふふ。見た目によらず強引なのね。いいわ。好きにして。

僕だって心の醜い女を相手にするなんて自分で自分に反吐がでそうだったさ。でも復讐《ふくしゅう》のためなら、僕は悪魔にでもなれる。ちょっとでも油断すれば正気を失いそうなほどの苦痛を必死に抑え込みながら、僕は彼女を押し倒した。そして彼女は僕に身も心も許した。そこで僕は彼女に今回の計画の一部を打ち明けたのだ。ウソを交えてね。

――町がとある化け物に呪われたんだ。

――呪い？　どんな？

――なんでも多くの命を化け物に捧《ささ》げなくてはいけないらしい。

――もしかして討伐団のメンバーが生贄《いけにえ》ってこと？

——ああ。これも町の人々を救うためだ。そこで君に頼みがあるんだ。

——私に手伝えって言いたいの？　化け物が人間を殺すのを。

——君は物分かりが早くていい。ただし全員が殺されて、僕と君だけが生き残るのは、あまりにも不自然だ。だからアルヴァンとボブの二人だけは生かしてほしい。

——もちろんタダとは言わないわよね？

——当然さ。無事に全部片付いて、化け物が町から離れたあかつきには、一生遊んで暮らせるほどの報酬を支払おう。

——ふふ。約束よ。ところでその化け物の正体を教えてくれないかしら？

——今はまだ知らなくていい。そのうち分かるさ。

——つれないのね。まあ、いいわ。報酬の件、くれぐれも忘れないでね。おぼっちゃま。

彼女は僕に献身的に協力してくれたさ。だまされているとも知らずにね。

「異変があったら、すぐに大声で報せるのよ。約束して」

そうだね。アルヴァンを殺したら大声で君を呼ぼう。君の部屋まで行く手間が省けるからね。

「ああ、約束だ」


次にボブが僕の左手を握ってきた。

彼はもともとは売れない役者だ。寒いジョークくらいしか芸がないのだからしょうがない。だが彼はあろうことか、自分の名声を高めるために、あくどい手法を用いた。具体的には、ありもしない不正をでっちあげて権力者を声高に批判することで、自分に注目を集めたのである。そして僕の父さんも彼の標的になり、僕の家族が好奇の目にさらされた。そのせいで僕は学校でひどいいじめに見舞われたのだ。時が経つにつれ、人々は根も葉もない噂のことなどすっかり忘れてくれた。ボブ本人ですら自分の犯した卑劣な言動を、みじんも覚えていなかったに違いない。だが、僕は忘れなかった。

——いつかヤツを陥れてやる。

今夜、その減らず口が永遠に開かないようにしてやる。

「もしお前が襲われたら、絶対に助けるからな！　一人で無茶するんじゃねえぞ！」

嘘をつくな。異変が起きたらいち早く逃げ出すのは君だろ。

まあ、いい。逃げ惑う人間が安心しきったところで殺すというのも、実に楽しい余興だ。

「ああ、分かってる」

そして最後にアルヴァンが手を乗せてきた。

彼は金さえ積まれれば、誰でも殺すヒットマン。過去に何十人と彼の凶弾によって命を落としてきた。そのうちの一人が、母さんの兄。つまり僕の伯父だった。伯父は隣の町の商人で、商売敵に雇われたアルヴァンによって暗殺された。兄のことを慕っていた母さんは、その後体調を崩した。さらに父さんによって軟禁されて、そのまま帰らぬ人となってしまったのである。

つまり間接的ではあるが、アルヴァンは母さんを殺したも同然。偶然この町の牢屋に入れられていたことは、僕にとって幸運としか言いようがない。

伯父さんと母さんの無念は僕が晴らしてやる。


「……死ぬんじゃないぞ」

当たり前だ。僕はこの世界の『主人公』だ。主人公が死ぬわけないだろう？

「はい。みんなも！」

『みんなもイルッカのように自分で命を絶つのはやめてください。僕が殺しますから』という意味を込めたのだが、そんなことが分かるはずもない。

彼らは強い決意を目に宿して僕を見ている。

実にいい目だ……。

生き延びる希望に満ち溢れている。僕はその瞳を絶望の色に染めるのを夢見てきたんだ……。

「信じれば、かなわぬ夢はない!!」

「おおっ!!」

さあ、いよいよ始まりだ。

『キープ・キリング』。

殺し続けるゲームの――。

■僕の物語　序章・第3話　『至福の時』

　夜が更け、もうすぐ朝を迎えようとする頃。僕は塔の中にアルメーヌを入れた。彼女は僕を見るなり、小さく笑った。

「やっとお望み通りの展開になったわね」

　彼女はほっとしているようだ。

　僕は答える代わりに、大きなため息をついた。言うまでもなく「ここまでくるのにずいぶんと長かったよ」と伝えたかったのだ。

　彼女は「お疲れさま」と言わんばかりに、ちょこんと頭を下げると、小首をかしげた。

「ところでイルッカは始末したの？　あの男だけは私の手で殺してやりたかったんだけど」

「そうか。君は見てなかったからね。あの人は自分で海に身を投げたよ」

「まあ！　あんなにしぶとかったのに……」

　アルメーヌが悔しそうに表情を曇らせている。僕は彼女の細い肩に手を乗せて、穏やかな調子で続けた。

「ふふ。君が残念がるのは分かるけど、彼は君に追い詰められた絶望が引き金となって自ら命を絶ったんだ。だから胸を張っていい。君が殺したのも同然なんだから」

「あは。優しいのね」

「君にだけさ」

それはお世辞でも何でもない。これから僕は世界を破壊する。つまり永遠のパートナーであるアルメーヌの他に優しくするつもりはない。いつしか世界中の王が僕に屈したならば、多少なりとも他人に対して情けをかけてやってもいいとは思っているけどね。

一方のアルメーヌは僕の言葉で喜んでくれたようだ。顔を赤くしてモジモジしている。そんな彼女に対して、僕は語調を強めて言った。

「さて。じゃあ、始めようか」

表情を引き締めたアルメーヌは、小さな声で問いかけてきた。

「まずは誰からなの？」

彼女は人を殺すことが生きがいなんだろうな。目がらんらんと輝いている。

実は僕も抑えきれない興奮で胸がはち切れんばかりなんだ。だが、こういう時こそ冷静にならねばならない。そのため、できる限り声の調子を落として答えた。

「アルヴァンだ」

「あは。いいね。私のけがれない体を木端微塵《こっぱみじん》に吹っ飛ばしたこと、後悔させてあげなくちゃね」

「では、君だけでアルヴァンの部屋……二階に上がってすぐの部屋に行ってくれるかい？」

「あら、まだ彼には『黒い旗』が立っていないから、私は何の手出しもできないわよ？」

「それでいい。君はただ立っているだけで、じゅうぶんだからね」

「あは。分かったわ」

長い黒髪を揺らしながらアルメーヌは二階へと消えていく。その足音はタンタンと小気味よいテンポで、まるで行進曲のようだ。自然と僕の胸が高鳴っていった。

そうしてその足音がピタリと止《や》んだ瞬間に、

——ドォォン！

二階から派手な銃声が鳴り響いた。僕は余裕をもって部屋を後にする。

ナタリアの部屋は四階。ボブは地下。当然アルヴァンのもとにいち早く駆けつけるのは僕だ。

抑えきれない興奮を解き放ち、満面の笑みを浮かべながら一段飛ばしに階段を駆け上がっていく。そしてアルメーヌの背中が見えたところで、僕は顔を引き締めた。

同時にアルヴァンの声が聞こえてくる。

「……クライヴ！　無事だったか！　こっちへ来い！」

アルメーヌがチラリと僕のほうを振り返り、ニタリと口角を上げた。僕はこぼれる笑みを引きつった笑いに変え、アルヴァンのもとへ駆けていく。そして彼の背中に張り付いた。

何の警戒もしていない無防備なアルヴァンの背中。その背中に僕は忍ばせていたナイフを当てた。ビクンとアルヴァンの背中が伸びる。

ようやく異変に気づいたようだ……。そこで僕はボソリとつぶやいたんだ。

「僕の伯父さんと母さんの無念。ここで晴らさせてもらうよ」

そう言い終える前に、ズブリと背中にナイフを突き立てる。深々と刺す必要なんてない。背中の皮に傷をつけるだけで、猛毒は全身に回るのだから……。

「……ぐはっ……。まさか……」

わずか数秒後に彼は前のめりに倒れて、痙攣し始める。僕は冷たい視線を彼の背中に落としながら、緊迫した声をあげた。

「やめろ……。こっちへ来るな！」

当然、カモフラージュだ。もし冷静になってこの場を見れば、アルメーヌに向かって前のめりに倒れているのは不自然極まりないからね。

……と、そこに鬼のような形相をしたナタリアがやってきた。

「クライヴ‼　あんた……。アルヴァンを殺したの⁉」

ほう……。どうやら彼女はアルヴァンの命を奪ったのは僕だと気づいているようだな。彼女には見え透いた演技は通用しないということかな。

「だったらなんだって言うんだい？」

「約束はきちんと守ってくれるんでしょうね？　もしかして私のことも殺すつもりじゃないでしょうね⁉」

ふふふ、馬鹿な女だ。そんなこと答えるまでもないだろう、と言わんばかりに僕は微笑みながら肩をすくめた。

「許さない……。あんただけは絶対に許さない‼」

彼女は言い終える前に短剣を手に僕へ飛びかかってきた。あまりに突然だったものだから、ナイフを取り出す暇はなさそうだ。

実に残念だ……。これではナタリアを僕の手で殺すことはできない。でも『主人公』である僕に襲いかかってきた時点で、アルメーヌが殺す理由はあるはずだ。そこで僕はアルメーヌに視線を送った。

アルメーヌも不意を突かれたらしく、自慢の大きな鎌を取り出せずに、ナタリアの背中へ飛びついた。

「やめろ！　離せ‼」

暴れるナタリアの首筋にアルメーヌは深々と牙を突き立てた。

「うぐっ……」

ナタリアの顔が苦悶に歪み、徐々に瞳から光が失われていった。

「イルッカ……」

この時、悪魔でも涙を流すのを生まれて初めて知ったよ。彼女は頬を濡《ぬ》らして、息絶えた。

しかし悔しいな。親友のかたきを僕の手で殺せなかったんだから。僕は歯ぎしりして、悔恨を声にした。

「まだだ……。まだ……」

そうだ。僕にはまだ一人残っている。最後までしっかりと堪能《たんのう》しなくては。『キープ・キリング』を……。

「ふふふ。そうね。まだ一人いるものね」

アルメーヌが決まりきったセリフを吐く。僕はあえて階下に聞こえるような大声で言った。

「ボブのことか⁉」

今彼は僕たちが二階にいる隙をついて塔を出ていこうとしているはずだ。でもそれは絶対にかなわない。なぜならつい先ほど、僕が塔の錠に細工し、そう簡単には開かないようにしておいたのだから。

そして彼は今の僕の声で恐怖のどん底に陥っているだろうな。とてもいい気味だ。

言葉で相手を陥れたのだ。言葉で絶望を味わうといい。

アルメーヌがゆっくりと階下に向かっていく。僕も彼女の背中を追いかけるようにしながら、のんびりと続いた。

「待て！」

緊張感のある僕の声は、ボブの鼓膜に突き刺さり、彼の精神を粉砕していると想像するだけで、ゾクゾクする。

「くそっ！　まさか、こんなことになるなんて‼」

ボブのやつ。やはり一人で逃げようとしてるじゃないか。必死にカギをこじ開けようとしている様は、人間の純粋な生存本能を表しているようで、少しだけ悲しくなる。そしてその本能は、アルメーヌの接近すら彼に気づかせていないようだ。

あまり面白くないな。そこで僕は彼に現実を報せてやることにした。

「ボブ‼　後ろ‼」

「ひぃぃぃぃ!!」

ああ……。なんて心地よい悲鳴なんだ……。

さらに恐怖に引きつった顔も実に素晴らしい。こんな幸せな時間をすぐに終わらせてしまうのはもったいない。だから僕はあえて大回りするように声をかけることにした。

「こっちへ回り込んでくるんだ!!」

何の疑いもなく、部屋の中を大回りするボブ。腹を抱えて大笑いしたい気持ちを抑えながら、僕はその姿をじっくりと味わった。そしてすぐ横までやってきたところで、ぼそりと声をかけたのである。

「ご苦労さん。あの世でゆっくりとおやすみ」

「え……?」

目を丸くする彼の脇腹をナイフで切りつける。次の瞬間に、彼の口から大量の血があふれ出した。驚愕と恐怖が入り交じった実にいい表情だ。

「そ、そんな……。ごふっ……」

ボブが膝から崩れ落ち、命の灯火を消していく。その様子を見つめながら、僕はえも言われぬ達成感に浸っていた。

「ふふふ。これでついにあなただけね」

アルメーヌが愛くるしい笑顔を僕に向けている。

僕はふぅと大きく息を吐くと、ボブが開けられなかった扉に向かってゆっくりと歩きだした。

「永遠の愛を誓い合うのは古城なんだよね？」

「ええ、そうよ」

「じゃあ、僕たちの物語の序章を終わらせるとしよう」

「ふふ。すぐに本編が始まるのね？」

アルメーヌが僕の横に並んできたところで、僕は扉を大きく開いた。外に出て崖から海を見ると、いつの間にか朝日が水平線から顔を覗《のぞ》かせている。僕はキラキラと輝く海面を見ながら、彼女の問いかけに答えたのだった。

「そうだね。まずは僕の婚約者のセルマ。彼女の命を絶つことにしよう。いかにも悲劇のヒロインに仕立ててあげてね」

■僕の物語　序章・第4話『グランドフィナーレ』

至福の時とは儚《はかな》いものだ……。

空が白み始めた頃から始めた僕《クライヴ》の復讐劇は、朝日が昇りきる前に終わってしまった。

それでも不満はない。むしろ大満足だ。彼らの息絶える様子を間近に見られたのだから……。

それから、ここまでは序章にすぎない。次からは不死のヴァンパイアとして、もっと多くの人々の終末を目の当たりにできるのだから、贅沢《ぜいたく》を言ったら罰が当たるというものだ。

――ギィィ……。

古城の大きな扉を開ける。ぷんと鼻をつくカビの臭いすら、かぐわしい香水のように感じられる。赤い絨毯のど真ん中を僕はアルメーヌと共に歩いていった。長い廊下の途中、彼女は無邪気な笑みを浮かべて言った。

「ここはね。かつてこの世界を支配した偉大な王が住んでいた古城だったそうよ」

「そうだったのか」

「そして数百年の時を経て、新たな王の誕生を祝う場所となる……。素敵だと思わない?」

僕は答える代わりに笑みを浮かべて彼女を見つめた。アルメーヌは僕の視線に気づくと、恥ずかしそうに白い頬を桃色に染めて視線をそらす。その手を何人もの血で染めてきた化け物とは思えないくらいに可愛らしいしぐさ。永遠の愛を誓うにふさわしい美少女だ。

そんなことを考えているうちに、彼女がとある部屋の前で立ち止まった。

「ここが『王の間』よ」

「つまり僕の部屋、ということだね」

「あは。その通りね」

アルメーヌが小さな両手をいっぱいに広げて大きな木の扉を押す。鈍い音を立てながらドアが開くと、大理石の床が広がっているのが見えた。

「ほう……」

思わず声が漏れてしまうほどに、美しく、広い部屋だ。ちょうど真ん中に、宝石がちりばめられた巨大な椅子が置かれている。アルメーヌがその椅子を指さした。

「あそこで儀式をしましょ！」

「そうだね」

軽い足取りでスキップしていくアルメーヌの背中を見ながら、僕はゆっくりと歩いていく。ついに僕の物語の序章はグランドフィナーレを迎えるのだ。柄にもなくニヤニヤが止まらない。そうしてついに椅子の前までやってくると、アルメーヌが丁寧にお辞儀した。

「さあ、お座りください。新たな王様」

僕は促されるままに、椅子に腰かける。数百年前に作られたとは思えないほどに弾力があり、座り心地は抜群だ。まさに僕が座るにふさわしい。そうして僕の前に立ったアルメーヌは、いかにも悲しげな表情で叫んだ。

「私はヴァンパイア。永遠の愛を誓う夫を選ぶために、あなたたちを利用したの」

素晴らしい演技だ。ならば僕もたっぷり感情を込めて演じよう。悲劇の主人公を……。

僕は涙を流しながら問いかけた。

「なんでこんなことをしたんだ⁉」

アルメーヌもまた涙を流しながら答える。

「これが私たちヴァンパイアの血の掟なの。私だって本当はこんなことしたくなかった！　普通の女としてあなたと恋に落ちて、静かに暮らせたらどんなに幸せだったことか！」

「僕は信じない！　愛する君が化け物だったなんて！　だから嘘だと言ってくれ！」

「ごめんなさい。ごめんなさい！」

アルメーヌが僕のすぐそばまで寄ると、僕の両手に自分の手を乗せた。そのほのかな温《ぬく》もりに、ヴァンパイアの手にも血が通っているのか、とあらためて気づかされる。

その間も徐々に彼女の美しい顔が僕の首筋に近づいてきた。小さな鼻息が首をくすぐれば、全身が燃えるように熱くなる。そして僕の興奮が絶頂を迎えたその瞬間……。

──カプッ……。

アルメーヌが僕の首筋にかみついた。少女らしい可愛らしい音じゃないか。

──ジュルッ。ジュルル……。

僕の血液が彼女の体内に流れていく。徐々に薄くなる意識を感じながら、僕は仕上げのセリフを口にした。

「僕は誓う。これからは君の苦しみを僕が背負うと。だから……。もう泣かないで……」

魂が僕の体から抜けて、彼女の中へ入っていく感覚がする。そうして肉体のほうも、脈がなくなり、全身の力が抜けていった。それは命の灯が消えゆくことを意味しているのは明白だが、僕には恐怖も未練もない。ただあるのは、輝かしい未来への期待だけ。

そうしてうっすら開けていた瞼《まぶた》を下ろすことにした。次に目覚めた時には、僕は不死のヴァンパイアになる──。

……と、その時だった。

──カツーン……。カツーン……。

大理石から響く甲高い足音。

――パチ……。パチ……。パチ……。

やる気なさそうに手を叩く音。

その音に気づいたアルメーヌが僕から離れて振り返った。僕は首筋に垂れる生温かい自分の血液を感じながら、必死に意識を戻そうと試みた。ようやくわずかに目が開いたところで、ぼやっと何かが浮き上がっているのが見えた。だが誰なのかまったく分からない。

「な……に……もの……だ……?」

まったく力の入らない口では、かすれた声を出すのが精いっぱいだ。

――カツーン……。カツーン……。

僕の問いに答えることなく、どんどん近づいてくる足音。すぐそばまでやってきたところで、ピタリと止まった。

「クサい芝居を、どうもありがとう。感動のあまり声も出せなかったぜ」

その声……。聞き覚えがあるぞ……。

僕の代わりにアルメーヌが大声を部屋に響かせた。

「イルッカ!!」

そうだ。イルッカだ。

相変わらずぼやけた視界ではシルエットしか見えない。しかしそのクマのようながっちりした体型は、まぎれもなく彼であることを示していた。

なぜだ……？

なぜ生きているんだ……？

当然のようにわく疑問。だがもはや口に出せるほどの体力はない。

それでも彼は僕の心の中を見透かしたかのように、弾む声で答えたのだった。

「あんたらに教えてやるよ。アニメや映画の世界には『絶対に死なないキャラの法則』ってのがあるんだよ！」

と――。

第3部　キープ・アライヴ

■俺の物語　終章・第1話　『兄妹《きょうだい》の賭け』

それはずいぶんと前のことだ。

——中村先生！　中村翔太先生ってばぁ！

——ん？　ああ、俺のことか。

俺がそう素っ頓狂な声を出すと、白衣の若い女性……山本萌香《やまもともえか》が眉をひそめた。手を腰にやって、ぷくりと小さな頬を膨らませているが、怖いというよりは可愛らしい。『白衣の天使』というよりは『白衣の子犬』といったところだな。無論、そんな冗談を口にしようものなら「セクハラだぁ！」とか「侮辱だぁ！」とか騒がれかねない。まったく難しいご時世だ。

そんなことを考えているうちに、彼女が口を尖らせた。

——中村先生と言えば、先生しかいません！　まったく……。もう新人の医師ではないんですから、しっかりしてください！

——ああ、ごめん。ごめん。

俺よりも二つも年下なのに、まるで母親のようだな。もっともその世話好きの性格が患者さんたちから人気を集めている要因らしいので、文句は言えない。

俺は苦笑いを浮かべながら謝り、手にしていた本をテーブルの上に置いた。それを見た彼女はますます怪訝《けげん》そうな表情となった。

――マンガですか？　しかもホラーですよね？

俺は置いたばかりの本を手に取って、彼女に差し出す。しかし彼女は受け取らずに、首を横に振った。

――勤務中に何をしてるんですか？

――研究だよ。

――研究？

――それに休憩中に読んでいただけだからね。服務規律違反ではないはずだぜ。

――そんなこと言ってません！　ホラー系のマンガで研究ってどういう意味ですか？

俺は彼女の問いかけに答えずに、椅子にかけてあったドクターコートを羽織って休憩室を後にする。彼女はパタパタと足音を立てながら後ろをついてきた。

――ちょっと待ってくださいよぉ！

――君を待つよりも、俺の回診を待っている患者のもとへ急ぎたいんだがね。

――そんなキザなセリフ。今の時代に流行《はや》りませんよぉ。

――あはは。それもそうだ。

大股で病院の廊下を歩く俺に萌香が小走りで並んでくる。背の低い彼女は、俺の顔を下から覗き込むようにして、しつこく聞いてきた。

——ところで先生は何の研究をしていたんですかぁ？

別に隠すようなことでもない。俺は素直に答えた。

——ん？　ああ。『絶対に死なないキャラの法則』だよ。

——絶対に死なないキャラの法則？

——その通り。たとえば『やり残したことがあるキャラ』とか『主人公に裏切られたキャラ』、それに『崖から海に身を投げたけど、死体があがってこなかったキャラ』とか……。

——ちょ、ちょっと待ってください！　もういいです！

彼女は慌てて俺の言葉を遮る。そしてきゅっと表情を引き締めて、問いかけてきた。

——もしかしてミカさんのためですか？

俺は何も答えずに、彼女のつぶらな瞳を見つめる。それは「聞かないでくれ」というサインだったが、彼女は「答えてください！」と譲らない。

あきらめた俺は彼女から視線を離すと、鼻から大きく息を吐いた。

——約束したんだよ。

——約束？

——三年前、俺とミカは賭けをしたんだ。

——賭けですかぁ？

——ああ。一緒に観ていた『キープ・キリング』ってアニメで、最後まで生き残るキャラは誰か当てようってな。

——そんなの『主人公』に決まってるじゃないですかぁ。もしかして先生は『主人公』以外を予想したんですか？

——まあな。

萌香があきれたように首をすくめる。

——それで先生はミカさんに負けたと。

——わざとな。

——ウソ。

——はい、ウソです。

今度は俺が首をすくめた。

——んで、何を賭けたんですか？

——負けたほうは勝ったほうの言うことを何でも聞く。

——まぁ！　んでんで、ミカさんは先生に何を要求したんですかぁ⁉

萌香はなぜ興奮しているのだろう……。

そんな会話をしているうちに、最初の患者が待つ病室の前までやってきた。

——おしゃべりはここまでだ。

——ええっ⁉　なんて生殺し！

――余計なことに首をつっ込むほうが悪い。いいから。斎藤《さいとう》さんのカルテを。
――はぁい。
俺はカルテに目を通した後、扉をスライドさせる。明るい病室が視界に飛び込んできた瞬間に、あの時に約束したミカの声が脳裏に響いてきた……。

――お兄ちゃんと私に『死亡フラグ』が立ちそうになったら、全部へし折ってほしいの！　私たちがずうっと笑顔でいられるように！

と――。

■俺の物語　終章・第2話　『物語の始まり』

俺は中村翔太だった頃に『絶対に死なないキャラの法則』を死に物狂いで勉強してきた。そのために何百冊もコミックを読み続けた。周囲で俺を呼ぶ声が聞こえないくらいに集中してな。そのせいで何度、ナースの萌香から雷を落とされたことか……。それもすべて妹のミカとの約束を果たすためだ。

――お兄ちゃんと私に『死亡フラグ』が立ちそうになったら、全部へし折ってほしいの！　私たちがずうっと笑顔でいられるように！

だから俺は死なない。そして大切な人を絶対に死なせない。

『キープ・アライヴ』。

これから先は俺の物語だ――。

＊

さてと……。

今、俺の目の前には瀕死のクライヴと、惚れた相手の生き血を吸ってツヤツヤしているアルメーヌがいる。どちらから相手してやろうか。だがそれは俺が決めることではなかったようだ。

「イルッカァァァ!!」

そりゃあ元気なほうが俺につかみかかってくるわな。

――ガシッ！

アルメーヌは俺の胸ぐらをつかむと、鬼のような形相で叫んだ。

「殺してやる！　私がお前を殺してやる!!」

俺は慌てることなく、彼女の肩にポンと手を置いた。

「まあ、そういきり立つな」

「なんですってぇ!?」

「いくら威勢が良くても、お前さんには俺を殺せないだろ。ほらっ」

俺は自分の頭上を指さした。ちらりとそちらに目をやったアルメーヌは、ピクリと顔を引きつらせた。

「ないだろ？　真っ黒な旗が」

「くっ……」

「それから教えておいてやるよ」

「うるさい！　あんたなんかに教わることなんて何もないんだからっ！」

小さな牙をむき出しにして俺に顔を近づける彼女をよそに、俺は豪勢な椅子の上でぐったりしているクライヴを指さした。

「ほれ。あれを見てみろ」

俺の言葉に合わせて振り返ったアルメーヌは、ガクリと膝を折った。

「そ、そんな……。だってあれは……」

「クライヴが最後の一人になったから、と思ってたんだろ？　でも違った。なぜなら俺はこうしてピンピンしながら立ってるんだからな」

「でも、どうして？」

「主人公に死亡フラグが立つ条件ってのもあるんだぜ」

「死亡……フラグ……？」

「簡単に言えば『黒い旗』。お前さんが殺せる理由ってやつだ」

「ど、どういうことよ⁉　なんでクライヴに黒い旗が立ったのよ……」

へたり込んだアルメーヌを見下ろしながら答えた。

「主人公に死亡フラグが立つ条件は『ダークサイド』に堕《お》ちることだ、ってミカが教えてくれたんだよ」

「ミカ？　誰よそれ？　女？」

アルメーヌがむっとした顔で俺を見上げる。なぜお前がミカの名前でイラつくんだ？

「ああ、すまん。こっちの話だ。それよりも聞きたいことがあるだろ？」

アルメーヌは「うーん」とうなりながら、考え込んでいる。おいおい。のんびりしているうちにクライヴがくたばっちまうぞ。そこで俺はヒントを出すことにした。

「ダー……」

「だー？」

「くぅー」

「だー……くぅー……。…………ダークサイド‼　そうよ！　ダークサイドでしょ！」

ドヤ顔で薄っぺらな胸を張るアルメーヌ。

「正解！　よくできました！」

「えへへ！」

なんだか機嫌が良くなったから、このまま放っておくか。そこで俺はアルメーヌを置いて、クライヴのもとへと一歩踏み出した。

しかし、彼女は俺の服をつかんで引き止めてきたのである。

「……って違うでしょ‼　ダークサイドって何よ！」

きーっと牙をむいて俺につかみかかってくる。相変わらずめんどくさい少女だ。ただこれ以上彼女をからかっている暇はなさそうだな。クライヴが「もう限界……」と目で訴えてきている。俺は口早に答えた。

「つまり悪魔に魂を売って、悪事に手を染めるということだよ」

「悪魔に魂を……。悪事に手を……」

「つまり仲間を手にかけた瞬間から、クライヴには死亡フラグが立っていたということだ」

「そんな……」

「つまりお前さんは、他の奴らと同じように死亡フラグが立った人間に襲いかかったということになるな。残念だったな。惚れた相手に永遠の愛を誓えなくて」

「うわあああああ‼」

悔しそうに床を叩き続けるアルメーヌ。

ざまぁみろ。これまでさんざんやられてきたんだ。これくらいやり返さなきゃ、気がすまない。

悲嘆にくれる彼女をそのままにして、俺はクライヴのそばに寄った。

「待たせたな。次はあんただ。クライヴ」

俺がそう声をかけると、彼はギロリと睨みつけてきた。しかしすでに手足を動かせるほどの余裕はなさそうだ。

「すまんな。念には念を入れさせてもらうぜ」

俺は彼の腰に手を回すと、ポーチを取り外して自分の腰につけた。中には猛毒が塗られたナイフが入っているはずだ。

「さあ、これでチェックメイトだ」

クライヴが大きく目を見開いた。無念さを顔ににじませながら、よだれを垂れ流している。イケメン主人公もこうなっては台無しだな。それでも彼は懸命に声を振り絞った。

「な……ぜ……だ……？」

「なぜ俺が生きているのかって？」

小さくうなずいた彼に、俺はギリッと表情を厳しくして答えた。

「まだ気づかないのか！　それはあんたが裏切ったからだよ！」

「な……に……」

クライヴの顔に驚愕の色が浮かぶ。俺は続けた。

「まずはっきりさせておくが、ここはアニメの世界。つまり現実の世界とは違うということだ」

クライヴはわずかに目を泳がせた。俺の言っている意味が分からないということだろう。しかしこの前提はものすごく重要なのだ。

「そしてアニメの世界では『絶対に死なないキャラの法則』というのが存在する。『やり残したことがあるキャラ』、『主人公に裏切られたキャラ』が代表的だ」

クライヴが首をかすかに横に振った。彼がひどく混乱するのも無理はない。もし俺が彼の立場なら、俺だって同じ反応をするだろうからな。だがそのまま続けさせてもらうぜ。

「では、俺……つまりイルッカはどうか？　この旅に出る前の俺には『やり残したこと』があった。なんだか分かるか？」

「まさか……」

ようやく気づき始めたようだな。自分が犯した愚かな真似に……。

「知らねえとは言わせねえぞ」

「セ……ル……マ」

「そうだよ。セルマだよ！　町に残してきた妹を幸せにしてやることだよ!!」

「あ……ううっ……」

クライヴの表情が苦悶に歪む。

だが容赦はしない。妹を裏切るような真似をしたことを後悔するがいい。

「俺はあんたと約束した。『セルマを幸せにする』ってな。もしあんたがその約束を守っていたら、今俺がここに立っていることはなかっただろうよ」

「あ……ううっ……。僕は……僕は悪くない……」

「だがあんたは裏切った。健気《けなげ》に婚約者の帰りを待つ妹の気持ちを踏みにじろうとした」

「僕は悪くない……」

最後の最後まで自分の非を認めないか。最低な野郎だな。まあ、いい。俺は粛々と種明かしを続けてやるだけだ。

「この時点で、『絶対に死なないキャラの法則』のうち『やり残したことがあるキャラ』と『主人公に裏切られたキャラ』があてはまる」

クライヴの口から声が聞こえなくなった。瞳から徐々に光が失われていく。悔し涙だけが頬を伝っていた。

もう俺の声すら耳に届いていないだろう。しかし俺は淡々と続けた。

「そして極めつきは、『海に身を投げたけど、死体があがってこなかったキャラ』だ。この三つが揃えば、俺はこの世界で死ぬことはない。そう信じて、塔から飛び降りたんだよ」

そこまで言い終えた俺は、クライヴのもとで屈《かが》んだ。彼は本当に最後の力を振り絞り、口を動かした。

「僕は……悪くないんだ！　イルッカ……。僕は貴様を許さない……」

「別にあんたに許してもらおうとは思っていないさ。じゃあな」

すでに彼の目には光がない。俺はその瞼をそっと閉じてやり、手ぬぐいで綺麗《きれい》に顔を拭いた。

「全部てめぇが自分で招いたことだったんだよ……くそったれが……」

俺は物言わぬ姿となった彼に手を合わせた後、アルメーヌのほうを向いた。

泣き止《な　や》んだ彼女は、瞳を赤く光らせている。すでに俺の頭上には漆黒の旗がはためいているということか。

だが俺は焦らなかった。口元に微笑を浮かべながら、彼女に話しかけたのだった。

「さあ、決着をつけようじゃねえか」

と――。

■俺の物語　終章・第3話『冴えないモブ男と美少女ヴァンパイアは永遠の愛を誓い合う』

――死亡フラグをへし折る？　どういう意味だよ？
――そのまんまの意味だよ！
――つまり、ミカに死亡フラグが立ちそうになったら、俺に助けてほしいってことか？
――うん！　お兄ちゃん自身に立ちそうになったら、なんとしても回避してね！
――本当にそんなんでいいのか？
――うん！　約束だよ！
――ああ……。分かった。約束だ。
――やったぁ！　お兄ちゃん！　ありがとう！

この時は本当に意味が分からなかった。でもきっとミカは分かっていたんだよな。
自分の体のことを――。

――翔太!!　今どこ!?　大学に電話してもいないっていうものだから……。
――どこって……。今日から新しい病棟で研修中だよ。どうしたんだ？　母さん。

——ミカが……。ミカが倒れたのよ!!

＊

主人公のクライヴが息を引き取ったことで、討伐団の生き残りは俺、イルッカただ一人となった。愕然としているアルメーヌに向かって、俺は肩をすくめて言った。

「つまり俺がお前さんと永遠の愛を誓い合う相手ってことだな」

「……そんなのまっぴらごめんよ……」

「へへ……。奇遇だな。俺も同じことを言おうと思っていたところだ」

「……殺す……殺す……」

ゆらりゆらりと体を揺らしながら近づいてくるアルメーヌ。どうやら怒りで完全に我を忘れているようだな。

さて、どうしたものか……。

俺の頭上に死亡フラグが立っているのは、最後の一人になったからで、人間として死んだ後、ヴァンパイアになるということだろう。

となると疑問が一つある。俺はそれをアルメーヌにぶつけた。

「んで、どうするつもりなんだ？　俺のこと」

いつの間にか目の前までやってきた彼女は目を赤く光らせたまま叫んだ。

「知らないっ！」

「知らないって……」

「でも絶対に許さない！」

予想通りの反応だ。疑問の答えが徐々に確信に変わっていくのを感じていた。ならばもう少しあおってみるか。

「またまた奇遇だな。俺もお前さんを許すつもりはねぇよ」

「なんですってぇ!! やれるもんならやってみなさいよ！」

アルメーヌが口を大きく裂き、牙をむき出しにした。

「だから、そういきり立つなって。あまりイライラしすぎると、しわが増えるぜ」

「イルッカァァァ!!」

とうとうアルメーヌが怒りを爆発させた。彼女の声が衝撃波となって部屋を揺らし、すさまじい殺気は黒い影となって彼女の背後に漂い始める。

しかし……。

「どうした？ なんで俺に襲いかからないんだ？」

そう……。彼女は声を張り上げるだけで、俺に指一本触れようとしてこなかったのである。

「ぐぬぬっ……」

アルメーヌは、悔しそうに歯ぎしりしながら表情を歪ませている。

ああ、やっぱりそうか。

「お前さん。俺を殺せないんだろ？」

彼女の目が大きく見開かれ、額から一筋の汗が流れている。この様子からしてビンゴだな。

しかし彼女はすぐには認めようとせずに強がってきた。

「殺せるわよ！　今すぐにでもね‼」

唾を飛ばしながらグイっと顔を近づけてきたが何の脅威も感じない。俺は彼女の大きな瞳を見つめながら、自分の推理を披露した。

「ああ、そうだったな。厳密には殺せるよな。ただ俺を殺しても、俺はヴァンパイアとしてよみがえるだけ。しかもお前さんの永遠のパートナーとして、な」

「くっ……」

「図星か。だが困っているのはお前さんだけじゃねえぜ。俺も同じだ。俺がお前さんに殺されるのは、もう避けられない」

「……だったら、どうだって言うのよ」

アルメーヌのトーンが明らかに下がっている。どうやら俺の推理が正しかったと認めざるを得ないようだ。

しかし彼女をやり込めたことによる優越感や達成感は、みじんも感じられなかった。むしろ「やっぱりそうか……」という空虚感に包まれる。

俺は一つ深呼吸をした。

もう腹決めるしかねえんだよな。なぜなら今、俺の目の前にある選択肢はたった一つしかないんだから。

（1）アルメーヌに殺されて、ヴァンパイアとなる

俺はぐいっと自分の首筋を彼女に突き出した。そして目を丸くした彼女に対して、淡々とした調子で告げたのだった。

「この命くれてやるよ」

「な……なんで……」

「そうするしかねえからに決まってんだろ。ただし、タダでやるとは言わない」

「どういうことよ」

「お前さんの命と引き換えだ」

アルメーヌは眉をひそめたが、すぐに大きく口を開けて笑い始めた。

「あはははは‼　私の命と引き換え？　不死かつ美少女のヴァンパイアである私の命と、冴えないおっさんであるイルッカの命が同等とでも言うつもりなの？　あははは！」

「ふざけんな……。命の価値に優劣なんてねえよ」

思わずどすの利いた低い声が漏れる。俺の雰囲気が変わったとみるや、アルメーヌは表情を硬くした。

「な、なによ……。私は間違ったことなんて言ってないんだから」

「もういいから、早くやれよ。お前さんだって、早く俺のことを殺したいんだろ？」

「そ、そうだけど……」

なおもためらっていたアルメーヌだったが、何かに気づいたのだろうか。はっとした顔つきとなった直後に、ニヤリと口角を上げた。

「くく……。分かったわ。じゃあ、お望み通りに殺してあげる」

何を考えているのやら……。

まあ、いい。これでいよいよ決着がつけられるんだからな。

「ああ、じゃあ一思いに頼むわ」

あらためて首筋をぐいっと差し出す。今度はためらうことなく、アルメーヌが牙を突き立ててきたのだった。

――カプッ。

牙が肌を貫いた時だけちくりと痛んだが、その後は痛みを感じない。その代わり、徐々に力が抜けていくのを感じていた。

そうしてしばらくしたところで、アルメーヌがゆっくりと俺から離れ、俺は床に仰向けになって倒れた。

「あとは意識がなくなるのを待つだけよ」

「そうか……」

「ふふふ。そういえば一つ言い忘れたのだけど」

「なんだ……？」

意識がもうろうとし、体がしびれてきた。

これが死ぬってやつなのか……。あんまりいい気分ではないな……。

そんなことを考えながら、俺はアルメーヌの言葉に耳を傾けていた。そして彼女は心の底から愉快そうに大事なことを告げてきたのだった。

「ヴァンパイアとして生まれ変わった人が、最初に襲う場所は決められているのよ！」

なるほどな。そういうことか……。

どこか聞くまでもないが、言うことを聞かない体では拒むこともできない。俺はただ彼女をぼーっと眺めていた。

「それはね……。『故郷』よ！　そこに住む『全員』の生き血を吸わなくちゃいけないのよ！　あはは!!」

俺は渾身の力を込めて、口元に笑みを浮かべた。アルメーヌは目を細めて俺を見下ろしている。

「あはは。強がっちゃって。可愛いところあるのね。さあ、楽しみだわ。あなたが愛しのセルマちゃんを殺すのを見られるんだもの。あははは!!」

とことん性格の悪い少女だ。

でもな……。一つだけ勘違いしていることがあるんだぜ……。

俺が笑みを浮かべたのは……。強がりなんか……じゃない……。

むしろ……好都合だから……だ……。

■俺の物語　終章・第4話『キープ・アライヴ』

ミカが倒れたのは今から二年前の夏のことだ。

もともと病弱だった彼女だが、急に意識を失うなんてことはなかったので家族全員が騒然としたのは言うまでもない。そして診断結果は『熱中症』。幸いなことに一日だけで退院できた。しかし思い起こせば、あの頃から病魔は確実にミカの体をむしばんでいたんだ。

——おい、ミカ。顔色がよくないぞ。どうした？

——え？　なんでもないよ！

——お前……。ウソつく時に声が裏返る癖は直ってないみたいだな。明日俺の勤めてる病院に来い。優秀な先生を紹介してやるから。

——むむぅ。なんでもないのにぃ。

こうしてミカを、俺の勤務している病院に検査入院させたのは去年の冬のことだ。ミカに紹介したのは俺の上司、松下佳穂先生。

検査後、いつになく神妙な面持ちの彼女を見ただけで、嫌な予感が胸の内を覆い、膝の震えが止まらなかった。

——今すぐ入院させなさい。

その短い一言は死神の鎌と同じで、俺の意識をいとも簡単に刈り取った。どうにかその場で直立することはできたが、松下先生の説明はまったく頭に入ってこなかったさ。それでも彼女が俺の両肩に手を乗せながら告げた言葉だけは、焼き印のように俺の脳裏に刻まれたんだ。

——どんな状況でもあきらめるな。試練は乗り越えられる人にしかやってこない。これは君とミカちゃんにとっての試練よ。絶対に乗り越えてみせると誓いなさい。

そして入院を機にミカは『死亡フラグの研究』を始めた。

——お兄ちゃん！　戦術の基本は『己を知って、敵を知る』だよ！　死亡フラグを知れば、絶対に私は病気に勝てると思うの！

だから俺は『キープ・キリング』の世界で死ぬわけにはいかなかった。ミカの信じていることが正しいって証明するためにも。さらに俺とミカが試練を乗り越えるためにも——。

＊

「ようやくお目覚め？」

意識が徐々に戻ってくると共に、視界も開けていく。床に仰向けになった俺の顔を誰かが覗き込んでいる。長い黒髪と透き通った白い肌。それに大きな瞳と小さな唇。もし出会い方が異なっていたら、ひと目見ただけで胸の高鳴りを覚えていたかもしれない。そんな少女の姿が目に映った。

「どうやらそのようだな」

口も動かせる。声も出せる。そんな当たり前のことに、ほのかな驚きを覚えたのも不思議ではなかった。

「あは。どう？　よみがえった心地は」

「あんまりよくねえな」

そうだ。思い出した。俺は殺されたのだ。目の前の少女、アルメーヌに。

そして今、よみがえった。ヴァンパイアとして――。

「ふふ。お腹《なか》が空いてるから気分が悪いのかもよ？」

そう問われれば、その通りかもしれない。ただ人間の時の空腹感と少しだけ違う。喉が渇いた、というほうが近い感覚だ。

「これは私からのお祝いよ。あなたが生まれ変わったことへの」

そう言って彼女が取り出したのは銀色のナイフ。

「まさかそれを俺に？」

「まさか」

それだけ答えたアルメーヌは、ナイフを自分の手首に当てた。

――スッ。

小さな音と共に彼女の白くて細い手首に一筋の赤い線が入る。その線から赤黒い液体があふれ出した。

言うまでもない。血だ。

彼女は流れる血をあらかじめ用意してあったワイングラスに注いでいく。しばらくすると血が止まり、赤い線は消えた。残ったのはワイングラスに半分まで注がれた濁った血液。彼女はそれを俺に差し出してきた。

「俺に飲め、と？」

「あは。飲みたいんでしょ？」

「ふん。まさか」

「いいのよ。強がらなくて」

強がりなわけがない。しかしすぐに強がりに変わっていくのが悔しい。どんな生物にも生存本能が存在することの証か。ワイングラスの中でかすかな波をたてている液体を見ているだけで、いかんともしがたい欲求がわいてくる。

飲みたい。喉の渇きを潤したい。これもヴァンパイアとしてよみがえったからだ、と自分に都合のいい言い訳を並べる。

「ふふ。目の色が変わってきたわよ」

「ああ。自分でも驚いているところだ」

「では、召し上がれ」

彼女はワイングラスを俺の横に置いた。俺はゆっくりと体を起こし、それを手に取る。

「ものは試し、か」

そしてアルメーヌの血を一気に飲み干した。

味はほぼしない。香りもよくない。

「まずい」

別に彼女を怒らせるつもりではなく、素直な気持ちが口をついて出てきた。ただし彼女にしてみれば、俺の感想は織り込み済みだったようだ。

「あは。そりゃそうよ」

俺は怪訝な顔で彼女の笑顔を見つめた。彼女は弾むような声で続ける。

「私の体に流れているのは『死に血』だもの」

「死に血？　聞いたことねえな」

「その名の通りよ。死んでいる血。腐った血と言ってもいいわ」

「そんなものを俺に飲ませたのかよ」

「あはは。でもこれで生身の人間の『生き血』を飲みたくなったでしょう？」

なるほど。最初からそれが目的か。俺はあきれて言葉を失い、首をすくめた。

「ふふ。焦りはしないわ。あなたは絶対に『生き血』が欲しくなる。そうして故郷へ帰り、愛する妹と感動的かつ悲劇的な再会を果たすの。それはもはやあなたの運命なのよ」

「お前さん、ちょっと見ないうちにずいぶんとキャラが変わったんじゃないか？」

「あら？　どう変わったと言うの？」

「いや、なんだ。少し大人っぽくなった気がしてな」

「気のせいよ。私は何一つ変わってなんかいない。もう百年もね」

「百年か……。お前さんは百年も一人でいたってことか？」

アルメーヌはその問いには答えず、くるりと俺に背を向けた。そして跳ねるような足取りで部屋を後にし始めたのである。

大理石からこだまする高くて軽い足音がするたびに、黒髪がふわりと揺れる。その際に覗く細い背中が、妙に物悲しく感じられるのは気のせいだろうか。

「さてと」

彼女が部屋を去ったところで、俺も部屋を移ることにした。深紅の絨毯が敷き詰められた廊下に出て、探し求めたのは寝室。これから訪れるだろう苦しみを思えば、せめて心地よい眠りにつきたい。俺に許された唯一のわがままと言えよう。

一階には見当たらず、二階にあがってしばらく回ったところで、ようやく巨大なベッドが中央に置かれた部屋を見つけた。さっそくベッドに横たわり、目をつむった。

「このまま寝てしまおう」

よみがえってすぐに寝るのは不謹慎だろうか。そんなどうでもいいことに頭を巡らせているうちに、意識が薄れていく。

安心した。どうやらヴァンパイアにも睡魔はやってくるらしい。

このままどれくらい眠れるだろうか。やはり空腹のあまりに目が覚めてしまうだろうか。

それでも俺は故郷に戻るつもりはない。言うまでもなく、セルマを守るため。

だが、それだけではない。

――ヴァンパイアが死ぬ条件はただ二つ。『生き血が吸えずに餓死する』か『永遠の愛を誓った相手が死ぬ』。

俺自身を殺すため……。

アルメーヌを殺すため――。

＊

どれくらい時が流れただろうか。

ヴァンパイアとしてよみがえった俺は、一日のほとんどを大きなベッドの上で過ごし、いつの間にか季節は夏から秋、秋から冬へ移ろった。

「意外と我慢強いのね。感心したわ」

アルメーヌは時折部屋にやってくる。

「それを言うなら、ヴァンパイアというのは意外と死ねないものなんだな。そっちのほうが感心するよ」

ちなみに今でこそ穏やかな心持ちだが、始めのうちは耐えがたい喉の渇きと空腹に苦しめられた。口の中は唾液すら失われ、からからに乾いた。そして、空気を吸い込むだけで針を大量に飲んだかのような激痛に襲われた。

しかし、

——試練は乗り越えられる人にしかやってこない。

松下先生のあの言葉は偉大だな。ある日を境にパタリと苦痛を感じなくなったんだ。その代わりに、立ち上がることすら怪しいほど、全身に力が入らなくなってしまった。ただベッドの上で仰向けになっているだけ。そんな無機質な日々。

「そういえば、あなたの妹のセルマ。結婚したわよ。王都からやってきた貴族の次男だってさ。彼が町の領主になるそうよ。優しそうだけど、気弱で頼りない男だったわ。可愛い妹の夫があんなんじゃ、兄としては心配よねぇ。いいの？　様子を見に行かなくて」

アルメーヌは部屋にやってくるたびに、セルマのことを話す。俺が彼女に会いたいという気持ちを引き出すためなのは明らかだ。しかしその手に乗るものか。俺は笑みを浮かべながら首を横に振った。

「優しい夫ならセルマも幸せだろうよ。何の心配もないさ」

会話はそれだけ。再び数日間はたった一人となる。

病室に一人でいる時のミカはこんな感じだったのかな。もっともここにはテレビもマンガもないから、退屈極まりない。そんな時は思い出に浸っていたのだ。

*

こうして季節はいくつも過ぎていった。

その後もアルメーヌは部屋にやってきた。彼女が話すのは、相変わらずセルマのことだけだ。

「セルマに二人目の子どもが生まれそうだわ。今度は難産みたい。心配でしょ？　行ってあげなくていいの？」

「セルマの長男がひどい熱でうなされているの。セルマは心配で心配でたまらないみたいで、毎日教会に通っているわ。心配でしょ？　行ってあげましょうよ」

「セルマの子どもたちは王都の学校へ通うそうよ。彼らはそのまま王都で暮らすみたい。セルマは子離れに苦しんでるみたい。心配でしょ？」

「セルマの夫が病気で倒れたわ。セルマは寝ずに看病してる。心配でしょ？」

「セルマはついに一人になっちゃったわ。最近は腰を悪くしているみたい。心配でしょ？」

はじめは数日おきだったが、いつしか毎日来るようになっていた。おかげでここにいても彼女がどんな風に過ごしているか、手に取るように分かったさ。だから近頃はアルメーヌが部屋にやってくるのを心待ちにしている。

自分の足でセルマに会いに行けばいいではないか。もう一人の俺が冷たく言うが、俺はそうしなかった。なぜならもしそうしてしまったら、もう二度とアルメーヌが部屋を訪れることがなくなるのではないかと思ったからだ。

そう……。いつの間にかアルメーヌとの会話が生きがいとなっていたんだ。

気のせいかもしれないが、彼女の口調もまた穏やかなものに変わっていた。まるで俺とのやり取りを楽しむように――。

「今日はセルマの子どもたちが里帰りしてきたわ。可愛いお孫さんを連れてね。まるで春の到来を喜ぶ小鳥のように。とても嬉しそうよ」

「そうか。それはよかった」

ああ、セルマ……。

優しい夫と元気な子に恵まれ、そして様々な出会いと別れを繰り返して……。

とても幸せな一生じゃないか。

自然と喜びで胸がいっぱいになる。まさに俺が望んだ『キープ・アライヴ』だ。

俺が自分の命と引き換えに守ったセルマの『生存《アライヴ》』は、確かにこの世界で保たれていたというわけだ。

■俺の物語　終章・第5話

『法則その27　主人公とヒロインが命をかけて守った幸せは、時空を超えて永遠に続く』

ミカが入院してからあっという間に三ヵ月が過ぎた。

彼女の担当は引き続き松下先生。

投薬による治療が中心だが、何回か手術も行われている。それでも病状はあまり思わしくなく、夜中に発作を起こすこともあり、大部屋から個室に移された。

一方の俺は、自分の勤務時間が終わったらすぐにミカの見舞いに行くのが習慣で、どんなに体が疲れていても、毎日欠かさずに彼女の病室へおもむいた。

さすがに夜勤が五日続いた時は、彼女の病室でそのまま眠ってしまったこともある。それでもいつも笑顔で迎え入れてくれるミカを見るだけで、安心し元気づけられていたのだ。

桜の季節を迎えたある日。ミカは退院してからの夢を話してくれた。

——お兄ちゃん。私ね。退院したら、ジェングのタピオカを飲みたいの！

——うんうん。いいね。

——それからネイルもしたいし、おしゃれなカフェでドーナツも食べたい！

——そうか、そうか。

——あとね！　ええっとね……。恋もしたい！

——え、あ、……うん。まあ、いいんじゃないか。

——ふふっ。お兄ちゃん、今、反対しようとしてたでしょ？

——おま……！　そんな減らず口叩けるなら、元気になるのも早いな！

——あはは！　うん！　早く元気になりたい！

——じゃあ、俺はそろそろ行くからな。あんまり夜遅くまでテレビ見るんじゃないぞ。

——はぁい！　お兄ちゃん！　またね！

病室を出たとたんに俺は泣いた。

本来ならば今日は高校二年生に上がる始業式。もしミカが元気だったら、今頃新しい出会いに胸を躍らせていただろう。でも彼女はたった一人、病室で窓の外を眺めていたんだぜ。

それなのに、悲嘆もしなければ、愚痴の一つもこぼさない。もっと言えば、俺に冗談を言って笑顔を作っていたのだ。

なんで現実とはこうも理不尽なんだろうか。

「絶対に死なせるものか……」

この時からだったよ。俺が『絶対に死なないキャラの法則』を勉強し始めたのは。他人は笑うかもしれない。でも俺は本気だった。

『大事な人と貸し借りがある人は死なない』と知れば、

——ミカ。このマンガ、貸してやるよ。

——え？　どうしたの？　お兄ちゃん？

——元気になったら返してくれればいいから。

と。

『身代わりになるお守りを持っている人は死なない』と知れば、

——ミカ。このお守りをあげるよ。

——え？　何のお守りなの？　お兄ちゃん？

——『身代わりくん』っていうアニメのキャラをお守りにしたものなんだってさ。

と。

ミカは俺の思惑に気づいていたに違いない。でも彼女は俺のわざとらしいプレゼントやら演出に、嫌な顔一つせずに、喜んで付き合ってくれた。

つまり俺とミカは『絶対に死なない物語』の主人公であり続けたんだ。


そして梅雨があけてすぐのこと。

ミカは再び手術を受けることになった。今までとは比較にならないほどに、難しい大手術だ。

ここ数日、そのことばかりで頭がいっぱいであまりよく眠れていない。昼休み。休憩室でぼけっとしていると、松下先生が隣に座ってきた。

相変わらず顔が近い。しかしそんなことを指摘する余裕すらない俺に、彼女はさらりと告げた。

――とうとう明日だな。ミカちゃんのオペ。とても厳しいものになるぞ。覚悟しておけ。

緊張が全身を駆け巡り、自然と顔がこわばってしまう。そんな俺に先生は小さな笑みを作って続けた。

――でも私は信じている。ミカちゃんなら試練を乗り越えてくれるってね。そのために君も一生懸命頑張ったんだろう？　聞いたよ、萌香くんから。なんでもマンガを読んで研究しているらしいじゃないか。

――え、あ、それは……。

――ただし。同じ医師として非科学的なことに取り組むのはどうかと思うけどね。

――そ、そうですよね……。

俺がうつむいたところで、先生は大きく口を開けて笑い飛ばした。

——ははは。なぁんて言うとでも思ったか？

——へ？

松下先生は笑いやむと、ぐっと顔を近づけてきた。

——私は嫌いじゃないぞ、その姿勢。誰かを思い、誰かのために真剣に祈り、行動する。素晴らしいじゃないか！　中村翔太！　だから私も手伝おう！

——そ、そんな。いいですって。

——遠慮するな！　私と君の仲じゃないか！　よし、じゃあこうしよう。私と結婚しよう！

——は？

——結婚式は半年後！　もちろんミカちゃんにも出席してもらうぞ！　『家族の晴れ舞台の予定がある人は死なない』ってもんだろ。うん、そうしよう！

俺が顔を真っ赤にして唖然としていると、松下先生はニヤリと笑った。

——いい顔してるじゃないか。そう、その顔だよ。周りが固くなったり、暗くなったらダメだ。それでなくてもミカちゃんは他人に気をつかうタイプだからね。彼女が勇気を持ってオペに臨めるように、君は肩の力を抜きなさい。

俺ははっとなって先生に頭を下げた。

——そ、そうですよね！　ありがとうございます！　先生みたいにジョークを飛ばすくらいじゃなきゃダメですよね！　よし！　俺、頑張ります！

松下先生が「ジョークのつもりじゃなかったのにな……」とつぶやいているのを背中で流しながら、俺はミカの病室へ急いだ。

この日は松下先生の配慮によって正午までで仕事を上がらせてもらったため、午後はゆっくりとミカと過ごせる。病室の扉を開けると、いつもの笑顔でミカが迎えてくれた。


――お兄ちゃん！　知ってる⁉

主人公とヒロインが命をかけて守った幸せは、時空を超えて永遠に続くんだって！


しかし肩の力が抜けた時ほど、これまでのたまった疲れが出てしまうものだ。穏やかな午後のひとときを満喫しているうちに、睡魔が俺を襲ってきた。

――お兄ちゃん。しばらく寝てていいよ。私、お兄ちゃんから借りたマンガ読んでるから。

――あ、ああ。いや、大丈夫だ……。

そう強がったのもつかの間、あっさりと眠りに落ちてしまったのだから、自分でも情けないと思う。そして次に耳に入ってきた声の持ち主は、ミカでも松下先生でもなかったのである。


「おい、起きろ。イルッカ・ヴィロライネン」

＊

俺、イルッカがヴァンパイアになり、ベッドで仰向けになってから数十年の時が流れたある冬の日。ついにその時はやってきた。

窓の外では朝から雪がしんしんと降る中、いつものように部屋にやってきたアルメーヌ。彼女の容姿はまったく変わっていない。可憐《かれん》な少女のままだ。しかしこの日はその顔に少しだけ影を落としていた。

「セルマは毎日、お墓まいりに行っているわ。でもそれも今日で終わりね」

彼女はとても悲しそうにうつむいた。

「そうか……」

かすれた声でつぶやいた直後に胸が強く締め付けられる。いてもたってもいられない衝動が、体温をぐっと上昇させた。

会いに行かねば――。

今さら会って何をするんだ、という野暮な疑問は頭の外に追いやり、純粋な欲求に身を任せて、渾身の力を振り絞って体を起こそうと試みた。

「うぐぐっ……」

「イルッカ」

アルメーヌに背中を支えられながらベッドから這《は》い出《で》た俺は、恐る恐る自分の足で立ってみる。なんとか立てる。足も動かせそうだ。

部屋を出たところでアルメーヌが声をかけてきた。

「そんな恰好で外に出るつもり？」

ふと自分の姿を見れば、ぼろぼろになった汚い服のままだ。

「これ。使ったら？」

彼女はまるで俺が外に出るのを予測していたかのように、黒の外套《がいとう》と、つばの広いシルクハット、それから大きなこうもり傘を俺に手渡した。

「ずいぶんと気が利くじゃねえか」

「ところでどこへ行くの？」

そう聞きながら、アルメーヌもまた外行きのカーディガンを羽織った。

「聞かなくても分かってるだろ？」

俺はそっけなく答えた後、ふらつく足どりで部屋を出た。その背中を追ってきたアルメーヌがぼそりとつぶやいた。

「そうね」

大きな扉を開けると、凍えるほどに冷たい空気が頬をこわばらせる。数十年ぶりに見た『黒い森』は、まるですべてを飲み込むブラックホールのようで、思わず足がすくんでしまった。

「大丈夫？」

心配そうにアルメーヌが俺の顔を覗き込んでくる。

「当たり前だろ」

強がることで自分を鼓舞した俺は、一歩足を踏み出した。風が吹けば飛んでしまうほどに体が軽いのは、数十年もの間、食事を取っていなかったからだろうか。

「どこまでも飛んでいけそうだ」

「なら試してみたら？」

いたずらっぽく笑みを浮かべるアルメーヌに対し、俺は小さくうなずいた。そして地面を目いっぱい蹴った。ふわりと体が浮き上がり、そのまま『黒い森』を軽々と飛び越えていく。

『白い洞窟』は、風となって駆け抜けた。

「意外と便利な体だな」

「今さら気づいても遅いわ」

「確かにな」

そんな他愛もない会話を交わしているうちに、俺たちはいつの間にか小さな町の入口に立っていたのだった。

「あなたがいた頃と変わらない？」

アルメーヌが白い傘を差しながら、俺の顔を覗き込んでくる。俺は首をすくめた。

「さあな」

「何よ。それくらい教えてくれてもいいでしょ。けち」

何を言われても、そうとしか答えられない。なぜなら俺にとって故郷の町を見るのは初めてなのだから。

「おや？　そこにいるのは旅のお方かい？」

声をかけてきたのは、いかにも人の良さそうな中年の男だった。

俺はニコリと微笑むと、丁寧にお辞儀をした。アルメーヌも俺にならって、ちょこんと頭を下げている。そして俺は努めて穏やかな声で言った。

「実は人を探してましてね」

「この町の人かい？　最近は町に住む人も増えたからなぁ。私が知っている人ならいいが……」

「セルマ夫人という、先立たれた夫がこの町の領主様だった御婦人を探しているのです」

「ああ、セルマさんならよく知っているよ。というより町の人で彼女のことを知らない人はいないんじゃないかな。なにせこの町のために尽くしてくれた立派な人だからね。みんな彼女を慕っているよ」

「そうでしたか」

「ただ近頃は目を悪くしてしまってね。そうだ。ちょうど今、墓まいりの時間だろうから、声をかけてあげてくださいな。久々のお客人と知れば、少しは元気が出るでしょう」

「ええ。では、案内をお願いします」

薄く雪の積もった道を、ザッザッと音を立てながら進んでいく。

初めてのはずなのに、鼻の奥がツンとする懐かしさを覚えたのは、体の奥底に封じられていたイルッカの記憶が刺激されたからだろうか。それともヴァンパイアとして、忘れかけた血のにおいを思い出したからだろうか。

そんなことを考えているうちに、小高い丘に広がる墓地までやってきた。そのちょうど真ん中あたりで、老婆が傘もささず一心不乱に祈りを捧げているのが目に映った瞬間に、ぐわっと熱いものが腹の底からわき上がってきたのだ。

たとえ初対面であっても、ひと目で分かった。

セルマだ――。

「ああ……」

思わず声が漏れた。

ここまで案内をしてくれた男に小さく礼をした後、俺は小さな背中に一歩ずつ近づいていく。

耳も遠いのだろうか。そこそこ大きな足音にもかかわらず、セルマは振り返らなかった。

そして……。ついにその背中のすぐそばまで寄ったところで、彼女を傘の下にいれた。

「どなたでしょう？　申し訳ないのですが目が悪く、お名前を聞かないと分からないのです」

アニメでも聞けなかったセルマの声。しかし鼓膜を震わせたとたんに、目から熱い涙があふれてきた。声を出せないでいる俺の代わりにアルメーヌが答えた。

「私たちは旅の者です」

「私たち……。ということは何人かいらっしゃるのですか？」

「私ともう一人……」

アルメーヌがちらりと俺を見てくる。

俺が小さく首を横に振ったのを確認したアルメーヌは、丁寧な口調で続けた。

「名乗るほどの者ではございません。実は亡くなられた元御領主様と少し縁がございまして。御夫人へのご挨拶をかねて、お墓の前で手を合わさせていただこうかと思ったのです」

「そうでしたか。でも、私の夫の墓はここにはございませんよ。彼の墓は夫の家の都合で王都にあるのです」

「まあ……そうでしたか。ではこちらのお墓はどなたのですか？」

「これは……」

セルマはそこで言葉を切った。そしてゆっくりと俺たちのほうを振り返ったのである。

ようやく顔を見ることができた。

アニメの設定資料集では、まだ少女のようなあどけなさの残る若い女性のイラストだった。その面影がはっきりと残る、とても美しい顔立ち。何よりも全身からにじみ出ている優しい温もりが俺の心を震わせた。

セルマ……。

思わず声が出そうになるのを、どうにかこらえる。

そうして彼女はひまわりのような笑顔で続けたのだった——。

「このお墓は、数十年前に行方不明になった兄、イルッカのものですのよ」

手が……。

震える……。

「こうして毎日手を合わせていれば、いつか兄が帰ってくるのではないかと思っているの。ふふふ。変でしょう？」

涙が……。

止まらない――。

雪が空から落ちる音だけが空間を支配する時間がしばらく続いた。静寂を破ったのはアルメーヌだった。

「きっとお兄様もどこかでセルマさんのことを見守っていると思いますわ」

セルマは一瞬だけ驚いたような表情となった後、すぐに春の陽差しを思わせるような柔らかな微笑みを浮かべたのだった――。

＊

俺とアルメーヌの二人が古城に戻ってきた頃には夜のとばりが下りていた。

いつの間にか雲が消え、大きな三日月が青白い光で俺たち二人を照らしている。

俺が扉のそばにたたずみ夜空を見上げていると、隣にいたアルメーヌが声をかけてきた。

「綺麗ね」

ちらりと彼女の横顔に目をやる。

とても穏やかな笑顔だ。俺は空に視線を戻した。

「そうだな」

あらためて三日月を見つめた。

この日の月の形は、『少女が無邪気な笑みを浮かべた時の目』のように感じられたのだった。

しばらく月を愛《め》でた後、俺たちは古城に入った。今さらだが、自分がかなり無理をしていたことに気づかされた。ロビーに入った直後から、足取りがおぼつかない。それでもどうにか寝室までたどり着き、ベッドの上に仰向けになったところで、アルメーヌが音もたてずに現れたのだった。

「どうして名乗らなかったの？」

とても静かで澄んだ口調だ。俺は目をつむって答えた。

「無粋だろ」

しばらく沈黙が流れる。そこで今度は俺がたずねた。

「なんで殺さなかったんだ？」

「黒い旗が立っていなかったからよ」

彼女はウソをついていない。俺にはしっかり見えていた。

セルマの頭上にはためく死亡フラグが……。

それでも俺は彼女のウソに乗った。

「いずれにしてもセルマはもうすぐ寿命を迎えるだろう。お前さんにもそれくらいは分かっていたはずだ。だったらなぜセルマの死を待たずに、彼女の最後の墓まいりを知らせにきたんだ？」

「ふふ……」

アルメーヌの口から笑い声が漏れた。

俺は薄目を開けて彼女の顔を見る。白い頰にかすかな赤みが帯び、かつては殺気しか漂わせていなかった瞳には澄みきった温もりが映っていた。

「なぜ笑うんだ？」

「だって無粋なんですもの」

「無粋……か……」

再び流れる沈黙の間、俺は決心した。ならばとことん無粋を貫くか、と。

「今さらだが、一つ教えてくれ」

「なにを？」

「アルヴァンが銃でお前さんを撃った時。どうして最初から弾丸を止めずに、自分の体を傷つけたんだ？」

「ずいぶんと昔のことを聞くのね。別に何も考えてなかったわ。あえて言えば、驚かせたかっただけよ」

「悪いな。何十年も一緒にいると分かっちまうんだよ。声の調子で『ウソか真か』くらいはな」

「あら？　私がウソをついているとでも？」

「ああ。本当はこう思っていたんじゃないか？　もしかしたら死ねるかもしれないって。つまりお前さんは死にたがっていたんじゃないか？」

目を丸くしたアルメーヌを、俺は目を細めたまま見つめていた。

しばらく二人で目を合わせたところで、彼女は目を細くして首をすくめた。

「さあ、どうかしら？」

どうやら答えるつもりはないらしい。だが強く否定しない様子からは、彼女が死にたがっているのは確かなようだ。理由までは分からない。長く生きすぎたゆえに、そろそろ自分で命の幕引きを図りたいのだろうか。ただ彼女が答えようとしなければ、知るすべはない。

俺はゆっくりとした口調で続けた。

「このままだと俺は死ぬぞ。それでいいのか？」

「ふふ。あなたの勝手にすればいいわ」

「つまりお前さんも死ぬんだぞ。それでもいいのか？」

「あなたは私に死んでほしいんでしょ？」

「まあな」

「だったらいいんじゃない？　それで」

それっきりで会話は途切れた。

徐々に意識が薄れていくのは、睡魔に襲われたからではなさそうだ。

ならば……仕方ない。言葉にできるチャンスは今宵《こよい》っきりだから。

「ありがとな」

アルメーヌの目が大きく見開かれ、口が半開きになっている。俺は続けた。

「セルマのこと。ずっと見守ってくれて、ありがとな」

彼女はふいっと顔をそらした。黒髪がふわりと揺れると同時に、きらりと光る雫が宙を舞う。

俺はつややかな黒髪を見つめながら続けた。

「知ってるか？　主人公とヒロインが命をかけて守った幸せは、時空を超えて永遠に続くんだ」

ちらりと俺を見てきたアルメーヌの頬には一筋の涙が流れている。彼女はかすかに震える声で問いかけてきた。

「どういうこと？」

「まあ、こっちの話だ」

「何よ。それ……。本当かどうか確かめてやるんだから」

「お前さんの勝手にすればいいさ」

そして俺は大きく深呼吸をした。どうやら次の言葉で最期になりそうだ。

自分でもズルいとは思う。

だが本心を隠したまま離ればなれになるのは……。

無粋ってもんだ。


「愛してる。さようなら」

こうして俺のヴァンパイアとしての一生は幕を閉じたのだった――。

エピローグ　キープ・ラヴィング

■私の物語　プロローグ　永遠の愛を君へ

「……おい」

遠くから俺を呼ぶ低い女性の声。しかし周囲は真っ暗闇だ。

ここは夢の中なのだろうか……。

そんなことを考えているうちに、首の後ろが柔らかな感触に包まれた。

「えっ？」

夢じゃない。現実だ。急速に意識が引き戻されていく。

そしてついに、

「おい、中村！　起きろ！」

耳元で破裂した大きな声で、俺は飛び起きた。

「のわっ！」

目を開ければ白い腕が俺の前で組まれており、生ぬるい息が耳をくすぐった。

誰かに後ろから抱きしめられている——。

そう確信して勢いよく立ち上がると、背後の人物を確かめた。

スレンダーな体型に似合わない大きな胸、肩まで伸ばした髪、切れ長の細い目の下の小さな泣きぼくろ……。間違いない……。松下先生だ。

「な、なにしてるんですか!?」

「何をしてるって……。なかなか起きないから、後ろからぎゅっと抱きしめてあげたんじゃないか。おかげでばっちり目を覚ましたじゃないか」

「せ、セクハラです！」

「ははは！　ご褒美の間違いだろうに」

「ご褒美とは何か功績を挙げた人がもらうものですよね？　だから違います！」

「ははは！　だからご褒美でいいんじゃないか！」

「へっ？」

俺は目を丸くした。松下先生の言っている意味が飲み込めない。ただ意味不明なことはそれだけじゃないのに今さら気づいた。

ここはどこなんだ？

今は何時なんだ？

にわかに混乱した頭を整理すべく周囲を素早く見回した。すると察しのいい松下先生は、さらりと俺の疑問に答えてくれたのだった。

「ここはミカちゃんの病室。君は二十四時間……つまり丸一日も椅子で寝てたんだぞ」

「え？　ウソ……」

「ほんとだ。ほれ見ろ」

先生はドクターコートのポケットからスマホを取り出すと、俺に見せてきた。待ち受けが俺とのツーショットなのは見なかったことにしておき、日付と時間の表示を見る。

「七月二十五日十四時三十分……。本当だ……」

どうりで体中がギシギシすると思ったんだ。まさか椅子に座ったまま、丸一日寝ていたなんて……。だがあきれている場合でないことに気づいた瞬間に、俺は松下先生に詰め寄っていた。

「ミカ‼　ミカのオペは⁉」

そう。今日は朝からミカの手術だったはずだ。午前九時から開始で、三時間はかかる予定だった。しかも執刀は何を隠そう松下先生だ。

「先生！　教えてください！　オペはどうだったんですか⁉」

熱くなる俺とは対照的に、松下先生はいつものクールな表情をまったく崩さない。そして俺に言い聞かせるように、ゆったりとした口調で告げてきた。

「君もドクターの端くれならば、オペや病状のことで感情をあらわにするのはやめなさい。たとえ身内のことであってもな。ハートは熱く、頭はクールに。これがドクターの基本だって、何回も教えただろう？」

ばしゃりと冷水を浴びせるような言葉に、俺ははっとして彼女から少し離れた。

「ええ、そうでした。すみません。顔を近づけすぎましたよね」

「いや、それはいくら近づけてもよかったんだがな。むしろくっついてもいいくらいだ」

「ところでミカのオペの結果を教えてくださいますか？」

「ああ、それだったな。うん。では集中治療室へ行って、様子を見に行ったらいい。私がご褒美をあげたくなる理由が分かるはずだ」

「はい！」

俺は駆け足で病室を飛び出した。

「こらっ！　院内を走るんじゃない！」

背中に松下先生の鋭い声が突き刺さったが、俺の意識は前に足を動かすことだけに集中していた。興奮のせいか見慣れたはずの病院の廊下が眩《まぶ》しい。

——手術は成功したんだ！

その確信を得たのは松下先生が俺に対して「ご褒美をあげたい」と言ってくれたからだ。そもそも先生が穏やかな表情で俺のことを起こしにきた時点で、結果が悪いものではなかったと察しがついていた。

まるでヴァンパイアだった時のように体が軽く感じられ、文字通りに弾むようにして廊下を駆けていく。あっという間に集中治療室の前までやってきた。

「はぁはぁ……。ふーっ」

乱れた呼吸を整える。息が上がったせいで会話もろくにできないところを、ミカに見られたら恥ずかしいからな。まだ息が上がっている中、病室の自動扉がウィーンと音を立てて開き、中からナースの山本萌香が出てきた。

「あら？　中村先生！　ちょうど今、呼びにいこうとしていたんですよ」

「そうか」

「そうか、じゃないですよぉ！　こんな時までカッコつけてどうするんですかぁ！」

「べ、別にカッコつけたわけじゃないんだが……」

「いいから、つべこべ言わずに、早くこっち来てください！」

萌香の小さな手が俺の右手をつかみ、ぐいっと俺を引っ張る。

彼女ってこんなに力が強かったんだ……。

と変なところに感心しているうちに、突き抜けるような明るい声がこだましてきたのだった。

「お兄ちゃん!!」

「ミカ!!」

色々なチューブにつながれたミカ。でもその笑顔は夏空に燦々《さんさん》と輝く太陽のように眩しい。

「ねえ、お兄ちゃん！　知ってる!?」

こんな時でもミカは俺に『法則』を教えてこようとしている。しかし今の彼女が伝えたい『法則』が何なのか、俺にはよく分かっている。だってミカが手術を受ける前日に読んでいたのは、俺が貸したマンガだったのだから。だから俺はミカと一緒に病室内に声を響かせたんだ。

「「奇跡って、あきらめずに戦い続けた人に訪れるんだ!!」」

と――。

＊

大成功で終わったミカの手術。さらに術後の経過も良好で、個室から大部屋に再び移ることになった。

「喜べ、中村。このまま二週間ほど様子を見て、問題なければ晴れて退院できるぞ」

松下先生は笑顔でそう教えてくれた。何もかもが順調すぎるぐらいに順調で、少しだけ怖くなってしまう。

それでも、

――主人公とヒロインが命をかけて守った幸せは、時空を超えて永遠に続く。

という法則が脳裏をよぎれば、これは頑張ったミカと俺へのご褒美なんだと思えてくる。

一方のミカはと言えば、相変わらず映画やドラマが大好きだ。今は『恋愛フラグ』を研究しているようで、毎日研究結果を教えてくる。

「ねえ、お兄ちゃん！　知ってる!?　時を超えて偶然再会した男女って恋に落ちやすいんだよ！」

兄としては多少複雑な心境だが、それでも生き生きと目を輝かせながら話してくる彼女の姿を見れば、止める理由などない。

一方の俺は、この二週間、一人暮らしをしているワンルームマンションには帰らず、病院で寝泊まりしていた。ミカの手術の前後は彼女のことが心配で、ずっと病院で過ごしていたのだ。

だがミカの手術が終わってからちょうど一週間がたった日の夜。

「たまにはちゃんと家のベッドで寝たほうがいいよ！　お兄ちゃんが倒れたら嫌だからね」

というミカの言葉に従って、マンションへ帰ることにしたのである。

病人に余計な心配をかけたら悪いからな。

病院からマンションまでは自転車で十五分の距離。途中のコンビニで中華弁当と発泡酒を買ってから、部屋に入った。

シャワーを浴び、部屋着に着替えると、どっと疲れが押し寄せてくる。残された力を振り絞って弁当をレンジにかけた後、俺はどかりとソファに腰をかけた。そこで自分が空腹であることに、今さら気づかされたのだ。

「いただきます」

弁当に向かって手を合わせた後、回鍋肉《ホイコーロー》と春巻きを一気に口へ流し込む。そして発泡酒をぐいっと飲み干したところで、言いようのない幸福感に包まれた。

思い返せば『キープ・キリング』で過ごした時間の大半は、空腹との戦いだった。こうして満腹になることが幸せだなんて、これまでの人生で感じたこともなかったのでとても不思議だ。

そんなことを考えていると、ふと『キープ・キリング』の世界のことが頭をよぎった。

俺は空腹を満たしたことで、ちょっとだけ回復した体を起こして、目の前にあるブルーレイデッキに手を伸ばした。無論、手に取ったのは『キープ・キリング』のディスクだ。

スマホを見れば午後八時。明日の出勤は午前九時からだから、多少の夜更かしは問題ないだろう。それでも全部見るわけにはいかないため、俺は討伐団が『黒い森』に入ったシーンから流すことにした。

クライヴやナタリアら討伐団のメンバーが目に映った瞬間に、懐かしさを覚える。当然そこにはアルメーヌもいた。懸命に弱々しい少女を演じている彼女の姿に、口元が苦笑いで歪む。

しかしいつの間にか、ストーリーそっちのけでアルメーヌだけを目で追っている自分がいることに気づく。苦笑いを向ける先は彼女から自分へと変わっていた。

「ふふっ。アルメーヌのやつ。憎たらしいな」

一人また一人と討伐団のメンバーが消えていくたびに、彼女のいたずらっぽい笑みが脳裏に浮かんでいた。同時によぎったのは一つの疑問だった。

――イルッカ、つまり俺が死んだ後、アルメーヌはいったいどうなってしまったのだろう。

俺にはそれを確認するすべはない。別れ際に見せた彼女の物悲しい表情が浮かび、胸がぎゅっと締め付けられる。

「いやいや。『キープ・キリング』はアニメの世界で、アルメーヌは架空の人物だろ。あれは夢だったんだ。現実じゃない」

俺は自分に言い聞かせるように独り言を漏らすと、テレビ画面に注意を戻した。いつの間にかクライヴとアルメーヌが『永遠の愛』を誓い合うシーンだ。

「クライヴの野郎……。今見てもムカムカするな」

この後は、クライヴとアルメーヌが人々を襲うために町へ戻っていくところで本編は終わる。だがあいつの歪んだ野心を知っている今、これ以降のシーンは見るに堪えない。そこで俺は途中で再生を止めてメニュー画面に戻った。

……と、その時だった。

「ん？　なんだ？」

映し出されたメニュー画面の右下に、小さな封筒のマークが点滅しているではないか。

もちろんブルーレイディスクを買った時には、こんなマークはなかった……はずだ。もしかしたら最初からこのマークはあって、見落としていただけなのかもしれない。しかし俺にはある予感がしていたんだ。

「アルメーヌからの手紙……？」

自然とリモコンを持つ手が震え始めた。にわかに心拍数があがり、体温が高くなっていく。俺は一度深呼吸をすることで心を鎮めようと試みた。

手の震えがおさまってきたところで、封筒のマークにカーソルを合わせる。

「よし」

小さく気合いを入れてから、『決定』ボタンをぐいっと押した。

真っ黒な画面に白文字が横に並び始める。それはまさに手紙そのものだ。そしてその出だしに、はっと息を飲んだのだった。

『永遠の愛を誓った貴方《あなた》へ

今日はセルマのお葬式の日だったわ』

やはりそうだ。

これはアルメーヌが俺《イルッカ》に宛てた手紙。しかも俺がアニメの世界で息を引き取ってから書かれたものだ。俺は続きを食い入るようにして見た。

『多くの人々が彼女のために花をたむけにきていた。貴方は動かなくなってしまったから、私は一人でその列に加わったの。赤い花を一輪だけ携えてね。

棺《ひつぎ》に納められたセルマはとても穏やかな顔をしていた。まるですぐにでも起き出してきそうなくらいに。

近くにいたおじさんが教えてくれたのだけど、彼女は死の間際にこう漏らしていたそうよ。

兄さんが会いにきてくれたの。私は目が悪いから、はっきりと見えたわけではないけど、彼の温もりを確かに感じたわ。ありがとう、兄さん。私はとても幸せでした。

……とね』

不覚にも涙がにじむ。

――あれは夢だったんだ。現実じゃない。

つい先ほど自分で口にした言葉を、俺はすぐに否定した。

「『キープ・キリング』の世界はまぎれもなく現実だったんだ」

つまりセルマはかけがえのない妹だったということ。

となれば、アルメーヌは俺にとって……。

そんな風に考えを巡らせているうちに、手紙の続きが画面に映し出された。

『古城に戻った私は貴方の寝室に向かった。でも貴方は、おかえりを言ってくれるはずもなく、ただ静かに眠ったまま。私はそんな貴方に向かってこう言ったの。

ずるいわ。さよならも言わずにお別れだなんて。と……』

「アルメーヌ……」

彼女の鈴の音のような澄みきった声が脳内に響き渡り、胸がひどく痛んだ。その痛みに耐えると、熱い涙が頬を伝う。とても苦しい。しかし俺は画面から目をそらさなかった。否、そらしてはならなかった。なぜならこのメッセージを最後まで読むことは、彼女に永遠の愛を誓った俺の使命のように思えたからだ。

『でも、そんな愚痴を漏らすのもこれが最初で最後。これも貴方の思惑通りね。そうよ。私の命はもうお終《しま》い。太陽が沈み、月が顔を出す頃には、私はもうこの世にいない。

でも悔いはないし、貴方を恨んではいない。それを伝えたくて、慣れない手紙をこうして書いているの』

白い文字がいったんすべて消えた。真っ黒な画面には涙でぐしゃぐしゃになった俺の顔が鏡のように反射して映っている。

そして次に浮かんできた文字に、俺は雷に打たれたかのような衝撃を覚えたのだった。

『ありがとう。私を殺してくれて』

「どういうことだ……？」

ピタリと涙が止まり、口が自然と半開きになる。

再び画面から文字が消え、しばらくしてから並び始めた。

『私が死ねばあの男も死ぬ。私に永遠の愛を誓わせ、私をヴァンパイアにして、私が目覚める前に立ち去ったあの男も……』

パンと頬を張られたかのような衝撃が走ったかと思うと、立ち上がって大声を上げていた。

「彼女は最初からヴァンパイアだったわけではなかったのか！」

つまり彼女も百年前までは人間の少女だった。

しかし彼女いわく『あの男』に永遠の愛を誓わされた。それにあたって『キープ・キリング』のような儀式があったのかは分からない。さらに言えば、なぜ彼女がもう一度『永遠の愛を誓う相手』を探さなくてはならなかったのかも分からない。

ただはっきりしているのは、『あの男』なる人物は、彼女の首筋にかみついた直後に彼女のもとから去っていったということだ。

つまり彼女は百年間、天涯孤独に過ごしていた――。

どれほど悲しかったのだろう。どれほど寂しかったのだろう。

彼女の生きた百年を思うと、胸が張り裂けそうなほどの苦しみを覚える。同時にかつて俺が彼女に投げた一つの問いかけが浮かび上がってきた。

――お前さんは死にたがっていたんじゃないか？

あの時彼女は『さあ、どうかしら？』と言葉を濁したが、本心では死にたがっていた。そのことは薄々勘付いていた。それでも理由までは分からなかった。長く生きすぎたゆえに自殺願望がある、くらいにしか考えていなかった。だがそれはまったく違っていたのだ。

彼女が死にたがっていた理由。

それは彼女をヴァンパイアに変えた男に復讐を果たすため――。

「どうして何十年も一緒にいたのに気づいてやれなかったんだ……」

自分の愚かさに啞然としたその時、画面には締めくくりのメッセージが映し出されたのだった。

『ありがとう、イルッカ。私も貴方のことを……。

この先を手紙で言うのは無粋ね。

いいわ。次に会った時にちゃんと口にしてあげる。貴方がそうしたように。

それまでのお別れよ。さようなら。

アルメーヌ』

＊

翌朝。俺はいつも通りに病院へ出勤した。

昨晩のことが尾を引いているのか、まだ頭はぼーっとしている。それでも体に染みついた習慣は便利なもので、普段と変わらぬ動作で白衣に着替え、カルテをチェックし、回診に出ようとした。

そんな俺の背中に松下先生が淡々とした調子で話しかけてきたのだった。

「そうだ。中村。今日から転院してきた患者さんのこと、よろしく頼むな」

「え？　聞いてませんよ。そんな話」

足を止めた俺に対して、先生はあっけらかんと言った。

「そりゃそうだ。今初めて言ったのだから」

「はあ？　いきなり言われても、まだカルテすら見てませんし……」

あまりに無責任すぎる物言いじゃないか、と眉をひそめる俺のことを先生は大きく口を開けて笑い飛ばした。

「ははは！　そう難しい顔をするな。他の病院から紹介されて検査入院のためにやってきた患者さんなんだ。今日のところは挨拶をかわすくらいでかまわんよ」

「はあ……。ところで、その患者さんのお名前は？」

俺の質問に松下先生はあごに手を当てて考え込む。

「うーん……。確か……。ノエちゃんだ」

「のえ？　ちゃん？」

今流行りのキラキラネームってやつなのか？

それに「ちゃん」ってことは子どもなんだろうか？

眉をひそめる俺に対して、松下先生はニヤリといやらしい笑みを浮かべた。

「お国はフランスなんだそうだ。こっちには留学してきたらしい。君の大好きな女子高生だよ」

思わず目を大きく見開いてしまう。そんな俺の肩をポンと叩いた松下先生は、「そろそろ大人の女性に魅力を感じてほしいものだ」と言い残して、どこかへ消えてしまった。

……とそこに入れ替わるようにしてやってきたのは萌香だった。彼女は小さな頬をぷくりと膨らませながら、俺の手を取った。

「中村先生！　遅いです！　患者さんが待ってますよぉ！」

「ああ、ごめん。ごめん」

そのまま彼女に引っ張られながら廊下に出て病室へと向かっていく。そうしてやってきたのはとある大部屋だった。

しかし……。

その部屋の扉の脇に書かれた患者の名前を示すネームプレートを見て、俺は言葉を失ってしまったのである……。

「ん？　どうしたんですか？　中村先生。あ、そうそう。ミカちゃんの新しい病室ってここでしたよね！」

「え、あ、いや。それより……」

胸の動悸が速まり、言葉が出てこない。俺はただネームプレートに書かれた名前を食い入るように見つめていた。

萌香は俺の視線をたどると、はっとした顔になった。

「あっ！　ミカちゃんと同じ部屋の患者さんが、中村先生の新しく担当する方なんですね！」

「バカな……。この名前は……」

「名前？　フランスの方ですからカタカナなのはおかしくないじゃないですかぁ」

「おかしいに決まってるじゃないか！」

俺は急いで部屋の中に入った。

「あ！　お兄ちゃん!!」

ミカの元気な声にすら反応できない。なぜなら俺の目はミカの真向かいのベッドにいる少女に釘付けだったからである。

「そ、そんな……」

長い黒髪、透き通った白い肌、大きな瞳。そして何よりもいたずらっぽい笑み……。

「あなたが私の担当の先生かしら？」

声までまったく同じじゃないか……。

そして目の前の可憐な美少女は、さもなにごともないかのように、さらりと自分の名を告げてきたのだった——。

「ふふ。私はアルメーヌ・ノエ。よろしくね」

立ちくらみがするのをどうにかこらえた俺は、強い口調で自分に言い聞かせた。

「なんでここに？　いや、まだ分からないぞ。これは偶然だ。彼女がここにいるわけない！」

思わず取り乱してしまうのも無理はない。だって彼女はアニメ『キープ・キリング』の世界の住人なのだから……。

「お兄ちゃん!?　アルメーヌさんと知り合いだったの!?」

「ミカなら分かってくれるだろ？　こいつはアニメ『キープ・キリング』の世界の住人であって、ここにいるのはおかしいんだよ！」

「はあ？　おかしいのはお兄ちゃんのほうだよ。確かに名前は同じかもしれないけど、アニメの世界の住人がこんなところにいるわけないもん」

「いや、そんなことは俺だって分かっているんだが……」

俺とミカの間に、ぷくりと頬を膨らませた萌香が割り込んできた。

「ちょっと中村先生！　どういうことか説明してください!!　私、許しませんよ！」

「そうだな中村くん。私という者がいながら、あろうことか留学してきた女子高生に手を出すとはけしからんことだよ」

いつの間にか背後にいた松下先生も加わったところで、病室とは思えないほどに場が騒がしくなった。俺たちが混乱する様子を楽しそうに眺めていたアルメーヌ。そのニタニタする顔が『キープ・キリング』の世界にいた彼女そのままに小憎らしい。

やはり彼女はこっちの世界にやってきたのだ。

にわかには信じられず、頭の中の整理が追いつかない。しかし驚くのはまだ早かった……。

なんと彼女はとんでもないことを大きな声で告げてきたのだから……。


「私もあなたのことを愛してるわ」


場が一瞬にして凍りつく……。

そんな中、彼女は力強い口調で締めくくったのだった。

「これからは私の物語。『キープ・ラヴィング』の始まりよ！」

そう言いきった彼女の笑顔は、まるで天使のように透き通っている。

その笑顔を見て、俺はかつてミカに教えてもらった『法則』を思い起こしていたのだった——。

——お兄ちゃん！　知ってる⁉　強く愛し合った二人の『愛』は時空を超えるんだよ！

友理　潤（ゆり・じゅん）

2018年『太閤を継ぐ者　逆境からはじまる豊臣秀頼への転生ライフ』（宝島社）でデビュー。

長編としては本作が2作目となる。

神奈川県在住でサラリーマンをしながら執筆活動を続けている。

趣味は散歩。好きなものはどら焼きとポメラニアン。

レジェンドノベルス
LEGEND NOVELS

絶対回避《ぜったいかいひ》のフラグブレイカー　1
美少女吸血鬼《びしょうじょきゅうけつき》に殺《ころ》されないための27の法則《ほうそく》

2020年3月5日　第1刷発行

［著者］友理《ゆり》潤《じゅん》
［装画］岩崎美奈子《いわさきみなこ》
［装幀］世古口敦志（coil）

［発行者］渡瀬昌彦
［発行所］株式会社講談社
〒112-8001 東京都文京区音羽2-12-21
電話　［出版］03-5395-3433
　　　［販売］03-5395-5817
　　　［業務］03-5395-3615

［本文データ制作］講談社デジタル製作
［印刷所］凸版印刷株式会社
［製本所］株式会社若林製本工場

N.D.C.913 269p 20cm ISBN 978-4-06-518019-8

レジェンドノベルス
LEGEND NOVELS